무한한 밤 홀로 미러볼 켜네

서윤후 시집

문학동네시인선 155 서윤후

무한한 밤 홀로 미러볼 켜네

시인의 말

서로가 서로에게 난간이 되어주던
이 벼랑이 참 좋았습니다.

2021년 5월
서윤후

차례

시인의 말 005

1부 가장 아름다운 범벅이 될 테니

괴도 012
발광고지(發狂高地) 014
누가 되는 슬픔 017
사슬 뜨기 018
신빙과 결속 020
무기력 투구를 쓰고 022
의문과 실토 024
빛불 026
모모제인(某某諸人) 028
금붕어불꽃 030
실화를 바탕으로 032
오늘 저녁이 어느 시대인지 모르고 034
데탕트 036
그대들은 나의 좋았던 날 038
불구하고 그럼에도 불구하고 039
비틀린 040
시 041

2부 너는 너의 어둠이 마음에 드니

내가 되지 않는 것들 044
초절기교(超絶技巧) 046
누가 051
신비와 무질서 052
부록에도 비가 내리지 055
안마의 기초 056
상아먹(象牙墨) 058
야수의 세계 060
매복 062
이미테이션 텐트 064
무한한 밤 홀로 미러볼 켜네 066
정물원 068
계수나무 070
물보라, 산문, 눈총 072
밀랍 양초를 켜둔 청록색 식탁 073
하임(Heim) 074
성탄전야 076
어젯밤 카레, 내일 빵 078

3부 우리의 눈빛만이 살길이었다

공범 080
나나너너 082
레몬스웨터블루 084
주말부부 086
대화 줍기 088
망원경을 선글라스처럼 쓰고 다니면 090
휴업일지 092
불개미지옥천사 094
미궁 095
모와 미 096
린넨 시절 098
천박한 사랑에 관하여 100
건투를 빕니다 102
피오르드의 연인 104
공동 언덕 106
허밍버드 108
눈빛수련 110
끝에서 첫번째 111
폐막식을 위하여 112

해설| 내가 되지 않는 시 115
| 박혜진(문학평론가)

1부

가장 아름다운 범벅이 될 테니

괴도

저 고개 숙인 자의 표정을 알고 싶다
코를 땅에 떨어뜨리지 않기 위해
어떤 찡그림을 발명했는지

그 찡그림을 펼치기 위해서 누군가는
반드시 떠나야 한다
마른 헝겊으로 안경을 닦을 때
초조하게 뒤돌아볼 때
앎은 잠시 앗아갈 것이 많아지는 세계

새장은 모란앵무를 찾으러 떠났다*
흔들의자가 돌아오지 않았던 것처럼
그림자만 남겨지는 실내악

예열된 오븐 밑을 기어가는 벌레를 볼 때
밤새 얼마나 번성하게 될 것인지
누구나 다 아는 이야기로 시작하거나
이젠 얼마 없는 이야기

고개를 들면 모자라게 된다
뜨개질처럼 멀고 먼 생활의 과로사를 시작하게 된다
어딘가 다친 모과들을 닮아
향기를 먼저 내밀게 된다

그렇게 시작하는 것을 그만둘 수 없게 된다

고개 숙인 자가 거느리는 밤 속에서
감긴 눈을 일으킬 슬픔이 필요하므로
어제와 내일을 교환하는 오늘을 살게 되고

고개 숙인 자리로 벌레들이
실눈을 그으며 떠났다가 뒤집혀 죽는 일로 돌아온다

찡그린 자의 얼굴을 베껴 간 벌레의 배가
이 밤에 가장 환하다

* 프란츠 카프카의 문장을 변형.

발광고지(發狂高地)

버려진 산소호흡기를 핥다가
어린 고양이 입김 서리는 것을 본다

무언가 닦아내면 어떤 것이 사라질 것만 같다
이를 모든 것이라고 부르는 아른거림만이
유일한 궁금증

또, 또 지리멸렬한 날씨

무너진 성곽이 더이상 관여하지 않는
잘 닦아놓은 미래가 있었다
모두가 돌아오게 되는 반환점으로
숨쉬는 것을 가엾어하게 되는 전개를 펼치고
그 사이사이의 안개

오리무중의 발진이다

창광하는 밤 벌레들처럼 거리로 나온
아침 인간의 얼굴을 구경한다
전망할 수 없는 표정들에 휩싸여 있으면
어린 고양이의 숨 같은 건 별로 중요해지지 않는다

또, 또 어두워지려는 심장

들리지 않는 것을 어둡게 하면
꿈 밖으로 나와 소리치는 빛
환호는 환희의 별미라도 되는 듯이
인간을 재주넘는 (영혼, 마음 다음에 생각나는 것) 취미 활동

무덤가의 구구절절한 침묵을 듣는다
사랑은 절판된 기억으로 세워져 있다
그들은 모두 옛사람 같다
세련된 스카프를 해도
영어로 된 개 이름을 불러도

죽음이 신간처럼 여전히 새롭다는 사실은
새로울 게 없다
푯말의 역사를 읽는다든지
소문이 눈앞 미래로 유인한다든지 하는

장례식장에 막 납품된 수육의 뜨거운 김
아무도 배고프지 않은 곳에서 해치워나가게 되는

무엇이 신비로운 감옥을 짓는가
그 안에서 알고 싶어하게 된 것은 무엇인가

또, 또 아름답기 위해 사라지는 것들

어제 입었던 옷을 입는다
이변이 없는 한 비가 내리지 않을 것이다
몇 개의 부음을 화면에서 쓸어넘긴다

열몇 개 와이파이 중에
비밀번호 들어맞는 게 없다
매일 두절되어도 끝나지 않는 것이 있어

어두운 것 중에 가장 어둡지 않은
그런 머리색을 가진 학생이
버스를 놓치지 않으려 전속력으로 달려나간다

누가 되는 슬픔

슬픔에게서 재주가 늘어나는 것 같아

녹슨 대문 앞을 서성거리는 사람을 글썽거린다고 생각한 적 있었지 망설이던 말이 발을 절며 다가와 매일 낭떠러지에 있다고 나를 종용하고

이제 등에 몰두하자는 말을 했지 두 눈동자의 주름을 펼치며 바라보자고 했지 그러나 너무 많은 슬픔이 기성품이 되어 집에 돌아온다 누구나 붙잡고 말하게 되는

마른 헝겊이 모자란 세계로 출국하고 바닷바람 머금은 손수건을 선물하지 이 모르는 슬픔이 움직이는 이유를 잠깐 떠들고 싶다 비행운의 연기력처럼

포로의 잠꼬대를 닮은 위로만 해댔지 더이상 나눌 수 없는 슬픔은 등에 업고 가려고 해 그 끝이 어딘지 모르지만 헤맬수록 정확해지는 그 주소로 향하려고 해

슬픔의 묘기가 나를 흉내낸다 눈물을 훔치던 네가 어디까지 이야기했었는지 되묻고, 나는 처음부터 다시 이야기해달라고 간청한다 슬픔이 이렇게 반복된다면

사슬 뜨기

싸움이 뜨겁게 번지는 걸 봤어
각자 가슴을 갈라 가장 차가운 걸 꺼내는데도

사슬은 자꾸 영원으로 달아났지
불가능을 매일 하고 있었어
성실하게

사슬은 고스란히 남겨진 자의 쇄골이나 어깻죽지에서 차가운 것을 빚을 거야
피를 탕진해서라도

그날 들은 말은 가만두지 않겠다는 말은 아니었어
내가 누구인지 모르겠다는 말이었지
유령을 지치게 할 때까지 싸우는 기분이었어
잊기로 한 사람은 평생에 걸쳐 걸어 잠근 빗장을 다시 열지
처음 본 사람들이 사슬에 포박되어 있는
눈물보다 가소로운 것을 폐수로 흘려보내는

거울호수를 뛰어놀았어
끝장나기 좋은 깊이거나 남들 눈에 안 보이는 걸 보인다고 말하면 되는 언저리쯤……
가여운 사람들은 속아주면서 함께 깨어나자고 했어

여기는 영원의 뒷면 같아요, 그래서 끝날 수 없는 건가요?
백 년 전에 살았던 사람이 다가와 내게 형이라 불렀어
응, 이라고 대답했지
말뚝에 묶인 채 아주 멀리 다녀온 것뿐이니까

잊힌 사람을 불면 모래처럼 흩어져
눈동자에 달라붙고 목구멍 속까지 쌓이게 돼
그렇게 태어나지 사슬의 주인은

입술 위에 굳건하고 차가운 것을 장전해
원하는 것 없이 서로를 겨냥해야만 알 수 있는 것
방아쇠를 비집고 영원으로 달려나가는 명장면

그는 내가 가지고 있는 것을 가지고 있어……
그는 내가 가지고 있는 것을 가지고 있어……

신빙과 결속

싸움이 끝난 뒤 깨진 화병은 누가 치우나

남겨진 사람은 조심성 없이 쓸어 담고
집 잃은 새를 보듬듯 꽃을 주워다
종량제 봉투 앞에 서게 될 때
그렇게 향기가 스민 어둠은 밤새 사라지지 않고

기나긴 복도를 생각하면
열려 있던 문들이 하나둘 닫히기 시작한다
잠들기 위해 눈감으면 비로소 눈뜨는
화병에 베인 손날의 붉은 눈

유월의 신호위반 딱지가 팔월에 날아온다
빙빙 돌려서 하게 되는 말은
멈춰야만 알 수 있는 팽이의 표정 같아
어둠이 붙잡아둔 빛과의 일화

바깥은 어떻게 어두워지기 시작했는지
잠시 멈춰 서면 보이는 것이 있고
휘몰아쳐서 뒤섞인 모든 풍경이 검정으로 갈 때
나는 섞이지 못한 색깔처럼 분명해지고

나를 바라보는 종려나무 한 그루가

물 한 번 준 적 없는 내게
눈동자 위로 흐려진 것을 공짜로 털어준다

어둠은 어둠에게만 친절한 법이지
형편없는 예의를 갖추고서
창문을 거울 보듯 한다
까마득하다는 말을 알아듣게 된다

무기력 투구를 쓰고

쇄빙선이 얼어붙은 바다를 가로지르며 깨운 것은
겨울의 의지나 봄은 아니었을 것

무사기원의 골조를 머리에 쓴 청년들이 멈춰 서 있다 어디론가 끌려갈 때
염아한 표정은 곧 무기고에 감춰야 할 것이다

지금까지의 만보기를 처음으로 돌려놓고
행군에 나서는 것이다 산책과는 별개로

시련에 대해 떠들어댔다 그거 아냐고, 그런데 꼭 아는 말을 들을 것 같아서
유리 방패를 들고 서 있었다
투시와 감시 사이에서

청년들은 투구에 달린 붉은 깃털을 어루만졌다
차가움 뒤 부드러움을
싸움 앞에서의 지고지순함을
예언자의 매부리코를 떠올리며 물었다
쿠데타는 지금 어디쯤 오고 있습니까

피를 꺼내지 않고 피를 돌게 할 수 없다는
구전의 전통을 침묵으로 단절했다

눈감을 때, 눈보라 속 이층집이 보이거나 벽난로 앞에서 졸고 있는 개가 있으면
다행이라는 천재지변의 예감이 들고

무쇠가 번진다 유행처럼 장신구나 눈알 대용으로
심장을 갈아끼웠던지
아프지 않게 된다

땅을 깨우는 것이 가장 큰 적막을 선점하는 것
고요에 부르튼 구제불능의 입술들이
따개비처럼 살아 있는
해안선을 지나며

먼 곳 망원경에 드리울 우리의 평화로운 행진
입김만이 유일한 증언인 채로

의문과 실토

신의 자연사만을 기다리는 중입니다

뿔을 기른다는 건 뿔을 지켜보는 믿음에서 비롯되지요
상상 속에서 겨누고, 맞서고, 찔리다 비기는…… 허깨비들의 연속극처럼

죽은 자의 어둠이 어디로 다시 기어가
인간 행세를 할지 의아하군요
침묵이 내전(內戰)을 끝내지 않아야 한다고 믿고 있습니다
심심한 자들만이 벌레를 자처하며 눈에 보이지 않는 곳에서 드러날 때까지 시궁을 조성하니까

인간의 무고한 슬픔을 감상하기 좋은 날이 찾아왔군요

이 슬픔으로 굳은 거푸집은
집안 마당의 포도나무와 갓 태어난 아이와 마루 밑 고양이의 하품까지도 빚습니다
오랜 기다림 끝에 얻은 뿔이
서로의 허점을 겨누며 파고들 때 인간은 빠르게 번성하고, 조물주는 다른 재물을 찾아 떠나더군요
쓰다듬을수록 뿔은 덧나기 쉽고

슬픔도 기쁨도 알 리 없을 만큼

어리석고 깨끗한 영혼을 물색하던 신의 노고가
우산 끝에 맺혀 있는 걸 봅니다

인간이 지칠 때까지
뿔 같은 비가 뿔 같은 비를 적실 때까지

빛불

머리에 불을 지르고
무엇이 떠나가는지 지켜보았다

견딜 만하냐고 묻거나 나와 썩 어울리지 않거나 반찬을 나눠 먹던 사람이 떠났다 그리고
잠깐만 따뜻해질 수 있어 가까이 오는 것들

창밖 유람선에 탄 사람들은 불이 난 내 머리를 야경의 가로등 정도로 본다 나는 그제야 거의 보이지 않는 그을음
이제 뭔가가 될 수도 있을 것만 같다

철새들은 잘못 내려와 앉고 알을 낳았다 알이 익지 않으려면 나는 여행을 가야 한다 알을 깨뜨리지 않으려면 머뭇거려야 한다

계절을 교란시키다가 한여름에 묶여 꿈을 외운다 여름성경학교로 가는 아이들이 노란 봉고차에서 내리고 눈썰매 타던 코 빨간 아이들이 그 봉고차에 다시 올라타는 것을
집으로 가는 마지막 차라는 것도 안다
그때에만 할 수 있는 이야기가 떠나고
남겨진 아이들이 모두 한 줌 눈곱을 치렁치렁 매단 채 나를 본다
관자놀이를 울리던 종소리가 그친다

쌓아올리기 좋은 모양새로
창밖 울타리가 무너지기 시작한다

나는 어둠을 입히기에 좋은 마네킹
출고 불가능의 상태였지만

모자를 고르러 간 사람이 돌아오고 있다 기나긴 어둠의 끄나풀로 차양을 빚은 중절모에 리본을 매달고

모자가 마음에 들어서 웃음이 났다
웃을 때마다 불길이 솟구쳤다
그렇게 빛나는 법을 알게 된 뒤로 멈출 수 없다

눈먼 새들이 빙글빙글 돌며 나를 호위한다
내가 식어갈 때까지

창밖에서 기다리던 친구들이 외투를 벗어
서로의 소매를 단단히 묶기 시작한다

모모제인(某某諸人)

천국에서 허탕 친 사람들이 부엌으로 돌아와
다시 식은 국을 데울 때
나는 친구를 사귀고 싶었다
두리번거리는 일을 잊지 않기 위해서

식빵과 가스 밸브와 환기구의 구도를 완성하는
불개미의 촘촘한 행렬은
시차 없이 모든 시간에 불쑥 관여하였다
들끓는 것들 중 가장 말수가 적다는 것을 배울 무렵
누가 올 거야, 얌전히 있어
나는 그런 말에 눈동자가 묶여 있었다
방안에 들어가 바늘로 눈알을 긁어놓은
사진 속 사람들을 세어보았다
긴 밤이 나를 지루해할 때까지

얼굴에 곰보가 많은 청년은
우리집 담에 기대어 담배를 피웠다
창공엔 표정 하나 없이 새파랗게 멍든 얼굴이
신은 자신이 떨어뜨린 눈, 코, 입이
어디에 붙어서 사는지 그런 구경이나 해보려고
날씨를 준 것은 아닐까

거울 앞에서 앞머리만 자르다 가버린 여름이 있어

보풀만 떼다 끝나버린 겨울도 있어
그렇게 말하는 사람과는 어울리는 게 어렵지 않았다

그렇게 우리는 다른 얼굴로 만나서
같은 표정으로 헤어지는 사이가 된다

집에서 누군가가 떠날 때까지
바깥을 서성거렸다 곰보 청년이 끈 꽁초를 지그시 밟으면
재재한 아이들이 줄지어 밖에 나와 있었다
잠깐만 나가 있어, 그 말에 풀려나서는
불개미들처럼 천적이 없다는 듯 빨개진 볼로 어둠을 데우는

나의 불쏘시개
나의 친구들

금붕어불꽃*

한겨울 기름매미 울음소리를 들어본 적 있는 사람에게 여름이란 계속 의심하는 흐름
늙은 맹금류가 하늘을 가로지르며 날아갈 때 생긴
풍경의 빗금 속에서 당신이 걸어나온다
흔들리는 청보리밭을 지나 서사를 잃은 골짜기를 지나 여름보다 먼저 오게 된 사람이다
턱을 괸 벼랑 앞으로 바짝 다가와 있는 만조의 얼굴을 하고선
얼룩에게 어울릴 만한 얼룩을 고른다 구슬땀이 이곳의 경치를 짐작하게 한다
한겨울 철갑을 둘렀던 나무가 여름 내내 그대로인 풍경 속에서 무엇이 무엇을 견디게 되었는지 궁금하게 되었을 때
당신은 사랑을 꿈꾸었던 여름에 변압기를 내리고는 오지 않았었지
여름은 말라버린 갈증이다 증거 없는 상실이다
멀리 있는 건 한달음에 올 수 있어서 가깝고 희미한 건 때가 되면 오지 않아서
당신은 설명한다 풀이를 시작하면서부터 여름은 지루해진다 다 마른 슬픔을 업고 동냥에 나서는 것과 다르지 않다
파도 구름 바다 초원…… 커다란 풍경을 읊조리고는 혼자서 흔들리며 종소리를 내곤 했지
숨어 지내는 동안 건강했으면 좋겠어 이 다정한 악담을 전하려고 겨울을 버텨온 것 같아

당신은 여름의 한복판에 서서 점점 야위어간다 푸른 가로수 그림자와 구분되지 않아 난처한 풍경이었지
녹다 만 채로 다시 얼어붙지 않기 위해 자신을 계속 흔들어보는
그런 채집 생활은 끝날 기미가 보이지 않고
파묻었던 마음이 밀려들지 않도록 하염없이 방파제를 걷고 또 걷는
술래도 모르는 채 땀흘리는 숨바꼭질
당신이 나타나면서부터 여름은 빨라지기 시작한다

* 오오쓰카 아이의 노래 제목에서 빌려옴.

실화를 바탕으로

꽃과 별과 천국과 지옥을 번갈아 부르며 당신의 이름을 적는다 잠이 지겨워진 울타리의 양들이 쏟아져나온다 도축장엔 도끼가 매끄럽게 진열되어 있다

거수경례하고 떠난 군인이 복귀하지 않는다 간밤에 총소리가 들렸다고 한다 탄피를 찾기 위해 수색대가 숲속을 샅샅이 뒤진다 시체는 둘이고 셋 셀 때까지 대답해야 할 것이 생긴다

화마를 거듭한 민둥산에 앉아, 돌 같은 뼈를 만진다 불길에 숨기고 싶은 비밀은 꿈에서 그을려 나타난다 그땐 코를 두고 오너라, 무시무시한 말을 듣기도 한다

돌아오겠다는 말을 남기고 떠난 백 명의 사람을 안다 백한번째는 내가 될 수 있다 장례식장에 쭈뼛거리며 서 있는 청년들에게 내일 또 와달라는 말도 할 수 있다

누명은 잘 팔린다 뺨 맞은 사람이 우는 동안 뺨 때린 사람은 맨손을 털고 강해진다 법원 앞 자판기는 자주 매진이며 이곳 벤치는 다른 곳보다 더 길다

투견장을 빠져나온 개는 오늘밤 아무 일 없었다는 듯 잘 것이다 그걸 잘 알던 송아지는 벗겨진 채 물류창고에 걸려

있고 눈동자 가득 시끄러운 영혼을 낳는 나방을 보게 될 것이다

사실을 감별할 줄 아는 자가 미신을 지어다 인간에게 심는다 의심을 유머로 변장하게 한다 엎드린 자가 태아처럼 우는 소리를 듣고 싶다 꿈 이야긴 그만하고…… 그렇게 연설이 시작된다

오늘 저녁이 어느 시대인지 모르고

폐허에 다녀온 뒤로
나는 범벅이다
아름다웠던 세상에 대해 회고할 준비를 끝마친
싸움들의 혼종

어떤 기억은 장난감 기차를 타고 간다
선로에 누워 잠들었던 이는
잠깐만 이렇게 있을게
하고는 영영 일어나지 않는다

폐허를 떠나온 뒤로
그 주소는 자꾸 선명해져만 간다
그곳에서 만나기로 했던 사람들이
장난감 기차를 타고 떠난다
손을 흔들자 잠에서 깨어난다

나는 범벅이 되어 하나씩 지워간다
그러면 살 것 같았다
얼룩을 주인에게 돌려주려다가
간직하게 된다
사랑으로 생긴 무늬는
언제나 형편없이 굴고

끝나지 않기 위해 반복되는
풀벌레의 노래
개울의 첨벙거림
아름답게 기억하기 위해 나는 범벅
가를 수 없는 슬픔의 혼혈

서로를 끌어안다가
가녀린 얼굴을 어깨에 포개고는
헤어지지 말자고 말하던
그 사람은 아직도 선로에 누워 있다
나는 그에게 뭐라도 묻힐까봐
범벅된 내 손 건넬 수 없고

잠깐만 자는 잠이라도 좋으니
장난감 기차는 멀리 흘러가거라
풀벌레 실컷 우는 저녁 속으로 들어가
사랑은 계속 뒤섞일 테니
가장 아름다운 범벅이 될 테니

데탕트

두 사람은 봉인했다 세 사람이 겪어온 이야기를

가를 수도 없는 매듭으로 뒤엉켜서는 다른 한 사람을 바깥으로 완성했다
엽서를 뒤집으면 나오는 가본 적 없는 나라의 익숙한 풍경처럼 흐려졌다

혼자인 사람은 아무도 깨어나지 않는 아침이었다 창백하고 눈부시다는 첫인상을 갖게 되었다

너무 늦거나 때 이른 한 사람을 깊게 심고 두 사람은 강물을 건넜다
지나온 물살은 지나던 물살과 다르게 빠르고
두 갈래 길에서 두 사람은 약속한 것처럼 각자 길로 떠났다

어린 노새가 뛰어노는 울타리 안
천천히 발굽을 익히며 잊게 된 가파름이 이 언덕을 젖 먹였는지 몰라
무성하게 자라난 한 사람은 크고 빛나는 열매를 낳았다
멀리서도 보이도록 독이 든 뱀들의 취향으로

갖고 있으면 몰라도 될 것을 들추게 하는 것이 있었다

두 사람을 찾으러 가기 위해 한 사람은 풍경을 조금씩 거두었다 사방이 어두워지던 날이었다

그렇게 어려운 길을 애써 돌아오다니 비어 있는 채로 서걱거리던 흰 종이의 차례

세 사람이 손을 잡고 눈보라 속으로 들어갔다

그대들은 나의 좋았던 날

심벌즈 크게 치며 기쁨까지 모조리 쫓아내던 그대들은 나의 좋았던 날. 입김 자욱한 창문에 얼른 썼다가 지우는 이름이 되었다. 흔들리고 싶었을 땐 몰랐지, 공중에서 우리가 붙들고 있던 게 무엇이었는지. 쥘 때마다 목탄이 자꾸 묻어나고, 지워지지 않는 얼룩도 사랑해 마지않던 그대들은 어김없이 슬펐던 날. 어둠밖에 다채로울 게 없다는 듯 살다가 그대들 다정함으로 글썽이던 악행에 사위가 어두워지는 줄도 모르고. 그때 미움으로라도 나를 붙들고 있으라고 간청했던가. 들은 체 만 체했던 얼굴은 가까이에서 번지기만 하고 나는 구름 울리기에 신명나게 되었던가. 두고 온 게 너무 많아 심장을 열어 주머니로 쓸 무렵에 돌아갈게. 온다고 하곤 오지 않는 것들이 있어. 그게 용서가 되기를 바라는 이들이 모두 아팠으면 좋겠다. 글피에 얇아질 세계라니, 몽땅 다 젖어갈 게 틀림없다니. 일찌감치 떠나버린 그대들은 나의 자랑스러운 날. 네가 뭘 알아? 냉랭한 얼굴로 내 뜨거움을 꺼내올 때 엎드려 자고 싶어지고, 그렇게 다시 깨어나게 된 곳에는 누가 있다 갔는지 알 수 없게 되는데. 문 두드리는 소리 전화벨 울리는 소리에 뒤척이는 어린 나를 밤새 잠재우고, 자고 일어난 내 저린 팔 안에서 그대들 팔매질에 피 흘리며* 노는 아이들 웃음소리 꺼지질 않고. 그대들이 온다고 했던가. 나 어떤 가슴에 얼굴을 묻고 헤어질 수 있겠는가.

* 고정희, 「아우슈비츠 3—神의 어린 양」, 『뱀사골에서 쓴 편지』, 미래사, 1991.

불구하고 그럼에도 불구하고

전신주는 완성된 불구처럼 기울어져 있다 그것을 무심코 바라본 남자는

어제와 같은 옷을 입고 있다

누군가 사내를 아빠! 라고 부르고 또다른 이는 사내를 야, 이 새끼야! 라고 부른다

불리는 대로 걷던 사내는 너무 많은 등장인물이었거나 퇴고하는 희곡에서 가장 먼저 지워지게 된다 침묵이라 할 것도 없이 발언권을 잊었기 때문

전신주가 다음 전신주에게 출렁임을 보내고 그 사이사이의 새들은 분주히 움직인다 어제 본 풍경인가 그런데 이걸 풍경이라 부를 수 있나

어제 신은 구두 아니면 새로 샀을지 모르는 에나멜 구두

땅 밑엔 챙길 맨발이 없어 그나마 다행이라는 듯 지구가 둥글대요 신기하죠? 딸아이 재롱 들으러 또각또각

도마뱀처럼 자르고 온 귀는 후배 재떨이로 쓰인다 이 인물은 살려야 해, 어디에나 있어야 하니까

전신주가 웃는다 감전돼 비닐봉지 타는 냄새에 옆집 할머니가 빈 솥뚜껑을 열어본다 둥글게 말려 있는 사내 양말

누군가 노인을 어머니, 라고 부르려다가 노인네, 하기도 전에 노인은 불쑥 다가와 지금 몇시냐고 묻는다

다음 전신주에 미치지 못한 날 정전이 된다 딸아이는 생일파티인 줄 알고 방에서 몰래 고깔모자를 쓴다

비틀린

서로를 긁어주다가 아프다는 말을
다 써버린 불행에 대해 말할 필요가 있다
이름을 완성하기 위해
쪼개진 얼굴만 골라 모으는 악취미에 대해서도
무기고엔 신형 설탕 포대가 가득한데
통성명만으로 꺼내기엔
조금 아득하다는 소식이 들려오므로
흐릿해진 것에 대해 말해야 한다
그을린 유리가 잃은 것에 대해서도
싸움과 사랑이 한 종목의 스포츠인 것도
항의할 필요가 있다
이토록 가려운 이름을 참을 수 없어서
깨지는 성질을 배워야 한다
수수깡으로 만든 집을 떠나려면
이빨자국이 필요하다
실용적인 사람이 되기 위해
모호와 보호 사이
단숨에 옷핀을 찔러넣을 수 있어야 한다

시

춥다는 건 곤경을 그리는 데 좋은 도구라서

많은 여름이 겨울처럼 그려졌고

우린 그곳에 우두커니 서 있었지

한여름의 지나치기 쉬운 묘사로

종종 생략되는 줄도 모르던 우리는

2부

너는 너의 어둠이 마음에 드니

내가 되지 않는 것들

높은 곳에서 떨어졌거나 바닥을 구슬프게 홀리고도
멀쩡한 것들

내가 되지 않으려고 안간힘 쓰는
주워 담을 수도 없는 것들

사람을 용서하는 일이
사람을 고치는 일과 만드는 일 사이에서

기도가 엇나가는
신의 겨드랑이 뒤에서 어린양 부리는 것들
두서없는 꿈의 멀미를 앓는 것들

표본과 다른 독개구리들
제 안에서 독을 터뜨려 만질 수도
가질 수도 없이 꽉 물었던 이름을 놓아버린 것들
매번 진심이었던 생일 다음날처럼

허겁지겁 먹었던 사람의 눈빛이
사과나무 밑에서 배앓이하는
뒤틀린 틈으로 마구 솟구치는 송충이들
하하하 갉아먹히는 오래된 농담들

실없이 저물었다가 돌아오지 않는
옛사랑에 꽂아둔 실핀들
결코 흘러내리지 않을 것들

내가 매달려도 내가 될 수 없는
공중의 손잡이들
손님 없이 시동 거는 버스 안엔

내가 되진 않고
나를 기다리기만 하는 옆자리들

초절기교(超絶技巧)*

1
매일 계속 무거워지는 문
내가 나갈 수 있는 날이 몇 번 안 남았다는 듯이

부서져야 비로소 흩날릴 수 있는 것들의 목록을 쓴다
뼈로 시작해서 뼈로 끝나는 마디
유령은 자신을 위한 세레나데인 줄 알고 영혼을 흘리며 다니다가
창문에 비친 얼굴을 본다
더러운 눈송이
더는 간직하고 싶은 것이 없다는 희망은

2
한 꺼풀 멀미를 벗겨내면 다시 오고 싶어지는 바다
방 하나 출렁이게 할 자신 없는 파도와
바캉스가 까마득하게 잊은 나

이 측은한 풍경화가 걸려 있는 가건물엔
눈길만 주고 가는 폐업 신고자
눈보라를 뚫고 사라지는 개

이것은 해골 속 모퉁이의 풍경

3

지혜로운 인간은 벽을 오릴 줄 안다
제 키보다 큰 문을 짓고자 하는 서글픔으로
잡아본 가장 따뜻했던 손을 본떠 손잡이를 만드는 수리공은
이제 글썽거리지도 않는다
나의 문은 통과의례처럼 차갑게 식어가고
어색해지는 것으로 잠기는 장치

실내가 실내를 장악하지 못하도록
나는 눈을 감아 터널을 지어 통과하고
운전 미숙으로 교통대란을 일으키며
밤새운 파수꾼에게로 가 눈인사 건넨다
밤이 몰래 키운 숲속에서
움막 짓고 역사를 재현한 원시인들의 내부까지
텅 빈 플라스틱 육체를 내다버리는
분리수거함 안까지 본다
그림자 도시는 시민들의 육체 없이도 성행했다

어쩌면 나는 이미 문밖에 나가 돌아오지 않는 것
그리고 궁금해하지 않는 것

4

나가기 위해 기꺼이 들어온 사람아
웅장한 실내악을 켜둔 채로 잠들어 있는가
허밍이 빚은 곁눈으로 바라본 세계는
나 없이도 휘황찬란하게 연속되고 있는가

부정할 수 없는 / 돌이킬 수 없는 / 나아질 리 없는
불행한 시리즈처럼

비가 많은 구름일 것이다 아직 내리지 않은
(멈춘 적이 없어 도착할 줄 모르는)
연습이 끝난 피아노 페달처럼 부드럽게 가라앉는다
(생활 속의 교양)
비와 음악 사이에 가지런히 놓인 진공관이 된다
(중계자의 삶은 어디에도 기록되지 않는다)

서서히 커지는 파장
그러나 다가오지 않는 인기척
의심으로부터
이 지루한 비극을
다 해진 플롯을
이야기가 필요한 거리의 동냥꾼에게 건네고 싶다

이제 시시하게 소멸해가는 것을 보라

⋮
⋮
⋮
⋮
⋮

그것이 이 악물고 어떻게 커나가는지를 보라

5

창문 밖 전복 사고 난 차량이 있다
신호가 바뀌어도
사람들이 건너지 못하는 광경이 있다

이 도시는 그렇게 멈춰 있다
식어가는 찻잔과 대치하는 창틀에서

침묵도 발길을 끊은 입술이 참 재미있었다
슬픔을 친인척으로 둔 혀가 매일 아슬아슬하게
가정사를 반복하려고 했다
불 꺼진 귀, 살아서 들키지 않는 귀
그런 악기가 필요했으므로

이곳에 살아서 듣게 된 고요는 음질이 좋지 못하다

6

검은 눈을 바라보는
석탄 공장의 새카만 창문 속
흰자를 보라

부디
나의 오랜 연습이
누(累)가 되지 않았기를

* 프란츠 리스트의 〈초절기교(超絶技巧) 연습곡〉에서 빌려옴.

누가

나는 천적이 없다는 듯 울었다 그건 근래의 기쁨이기도 했다 매미나 발정난 고양이도 내게 들리지 않게끔 힘껏 그래 봤자 양도된 이 슬픔은 어디선가 조금씩 모은 침묵이거나 손톱자국이었을 테지만 나는 처음으로 내가 들려오는 장면에 나왔다 고통에 걸신들린 인간의 이야기 울타리를 벗어나 부르기 시작한 노래 나는 작고 낮은 언덕에서 태어나 부풀어올랐다 누가 기다리는 빵 혹은 아직 설익은 배신감 젊음은 내가 자주 꾸는 악몽의 종류로서 실눈과 선잠으로 꿰맨 밤을 뒤집어썼다 격자무늬 카펫을 털면서 더 많은 홀씨를 묻혀온 나를 용서하지 않는다 이중에서 나는 도깨비바늘로 자라났다 꽃과 섬유 사이의 피부는 나를 빚기 위해서 많은 곰팡이를 먹었다 푸르뎅뎅하게 빛나려고 그때 만지던 조물주의 손끝을 혈색으로 살고 있다 대충하지 않으면 멎지 않는 슬픔도 있어서 오늘은 내가 그만 실례를 범하겠다 구슬프다고 하여 친구가 돼주길 바란 건 아니었다 지나친다고 해서 못 본 것은 아니듯 들려오기를 바닥을 구슬리는 훌쩍거림 누추한 심장 소리 목이 쉰 흐느낌

신비와 무질서

오랫동안 해변을 걷고 돌아와 무심코 콧잔등을 쓸어보았을 때
흰 가루가 묻어나왔다
나는 알 수 있어도 궁금해서 혀로 핥았다

"정희에게
스무번째 생일 축하해.
우리 종로에서 삼계탕 먹은 날.
1997. 7. 15"

간밤의 독서가
헌책방에서 고른 시집 속 서명에 사로잡힐 때

복도의 발소리와 열쇠끼리 부딪히는 소리
당직 경비원 휘파람까지
흔들어보면 알 수 있었다
내가 손에 꽉 쥐고 있는 게 무엇인지

태풍이 북상하면 유리테이프를 크게 찢어
가위표 모양으로 창문에 붙이던 사람이 생각났다
뭐해? 이렇게 하면…… 이렇게 하면……
재주 좋게 살아남은 생활이 있었다
겨울 동안 창문에 붙여놓은 완충재를 거두진 못했다

겨울은 금방 또 올 테니까

바람 빠진 게 된다는 것
오랫동안 키스를 나눠도 불어넣을 수 없는
그런 활력은
뿔 대신 수염을 기르는 순록의 것이 아닌
오늘 도착하지 못한 나의 몫

친척 결혼식만 다녀오면 한숨이 늘어나는
엄마의 재주를 알지 못하였다
쏟아질 듯 꽉 찬 책꽂이가
반질반질한 돌을 모으던 죽은 아비의 장식장처럼 보인다면

나는 걷는 게 어색해 자주 멈추게 되었다
잘못 날아온 철새를 알아봐도
정희를 알게 되었어도
달라지는 게 얼마 없듯이

알고 있어서 더는 해보지 않는 게 있었다
알고 있어도 궁금한 일들이
빠르게 멸종하고 있다는 것도
불분명한 마음마저 얼마 남지 않았다는 것을
두 눈을 뜨고도 믿지 못했다

창문에 묻은 손자국 하나가
오늘밤 가장 낮은 바닥을 짚은 것 같다

부록에도 비가 내리지

빌린 책을 들고 비 오는 거리를 지나요 돌려줄 때 주눅들고 싶지 않아서 나의 자세는 바닥의 입장 표명
언젠가 비의 재료를 가지러 떠난 사람을 떠올렸어요 *천사의 표적이 되어 잘 서 있거라 반복을 지루해 말고*
기다림이 내게 입혀놓은 이 투명한 비옷을 보셔요
투명함도 너무 노력하면 패색이 짙어진다는 것을
하수구 쥐들은 비가 들이닥치지 않는 곳까지 내달려야 한다는 건 알아요
출처 없는 버러지의 역사란 그렇게 시작되죠 눅눅한 부목으로 다 젖은 곳을 덧대기
비웃지 마세요 당신 것도 여기에 있으니까
집에 돌아와 빌린 책을 꺼내놓아요 *내가 집에 왔으니 비는 금방 지칠 것이다* 책에 적힌 첫 문장이 낯설지 않아요
방금 표적 하나를 잃은 천사의 시시한 맑음을 지켜보세요
비가 그치면 볼 수 없는 책이라구요
비가 낳은 질문과 적수가 없어 보이는 장우산 하나
오늘은 강수량을 다 읽지 못한 날
지금 시궁에서 만날까요
마른 곳을 찢어 맞대어볼까요

안마의 기초

해보세요, 맨발로 골프공 하나 지그시 밟는 일을
건강에 좋을 수도 있는 일을

꾹꾹 몸을 누르기에 좋은 것들을 봐요
어디가 아플 때마다 하나씩 사온 것들
뾰족한 것으로 자신을 찔러보는 용기는
이게 최선일 리 없다는 마음과는 사뭇 다르게

아파야만 아픔이 풀릴 수 있대요
뭉친 근육과 자신도 모르게 한 결심이
하나의 심박동을 나눠 쓰며 싸우는 것을 이젠 허락했어요

어깨가 먼저 죽어가고 기후에 어두워져요
매일 서늘하기도, 종종 젖기도 하는
나무를 흔들어야만 어제 날씨를 알 수 있는 사람이 돼요
마르지 않고 살아 있어서 종종
발을 주무르며 걸어온 나날을 복원합니다

모든 게 나아졌다고 믿어요
그런 수모를 겪는 밤이에요
초인종으로 해두기 좋은 울음소릴 채집하려고
성난 피로의 목줄을 놓아줍니다
놀란 새들이 어깨 위로 후드득 떨어지면

꾹꾹 눌러요 이게 처음도 아닌데
요령을 몰라서 졸다가 놓친 양들이 돌아와 밤새 울고요

그건 내가 들어요

상아먹(象牙墨)

요즘도 너는 늦게 자고 늦게 일어나니
창문을 열지 않고도
들이마실 어둠이 아직 많다는 것을 아는
구겨진 표정을 꺼내놓았니

어젯밤 자살한 홍콩 가수 소식을 전해들었니
그런 소식은 어떻게든 기어와
눈감는 장면에서 금세 시들어버리는 게

교차로를 건너고
육교 대신 지하보도를 택하고
무사히 집에 돌아온다는 것만으로도 신기할 때
죽은 생쥐를 꽉 문 어린 고양이가
많은 걸 알지 않았으면 하고 바라진 않니

기대에 못 미친 나를 두고 온 거리마다
차가 밀려 도통 움직이지 않을 때
한 번쯤은 문제작을 쓰고 싶지 않니
사람들을 불러모으고
눈감고 박수와 따귀를 구분하는 팽팽함을 뚫고
끝내 손잡고 대회의실을 걸어나가는
상상은 드물고도 헤픈 방황

고리도 손잡이도 달린 게 없는 혼자가
끝끝내 어디엔가 매달려 있다는 기분조차
스스로 끝낼 수 없다는 게 가끔 아찔하지 않니
키 크는 꿈처럼

첫 시집을 끝으로 서재에서 영영 사라진
젊은 시인의 초상화를 본 적 있니
눈에서 계속 흐르는 것을
어떻게 주워 담으며 살고 있을지

그런 호기심에 출렁이기도 하는 물속에 갇혀
그동안 모은 성냥을 쏟아본 적 있니

너는 지금 너의 어둠이 마음에 드니

야수의 세계

다음부턴 침묵을 동반하시오
그리고 끌려다니시오 마음껏
공짜니까

목소리만이 윤곽인 숲으로
사람들이 돌아올 것이다
눈먼 자의 증언을 받아 적다가
내 것으로 베껴쓸 날도 머지않았음을 알 때
숲을 지나야만
숲이 있다고 믿을 수 있었다

나의 종교는 와해된 지 오래되었다
이것으로 선언문은 시작된다

물결치는 고요
성벽 따라 걷는 사람들
아무도 심판받지 않는 심판자들의 도시에선
그 누구도 일기를 쓰지 않는다
사람임을 들키길 두려워하는 손만이

이 도시를 빚고 있다
고향으로 돌아간 사람들이 벌벌 떨고 있다
복원 가능한 슬픔에는

지렛대가 없다는 사실도 모르는 채

견디라고 말하는 쪽으로 침을 뱉으면
아프다고 말하는 쪽이 젖는다

늦었다고 말하는 동안 늦은
새들이 잘못된 계절에 맞춰 고쳐진다
둥지는 생활을 잃고
찌르기 쉽게 날카로워진다

피도 눈물도 없이 싸움만 지속하는
안전한 전쟁을 지연시키며
살아 있다는 암호를 풀지 않는다
땅속에 뿔이 자라나고 있기에
침묵의 목줄을 끊기 위해

숲에는 누가 버리고 간 귀들이
비리도록 우리를 엿듣고 있다

침묵을 벌로 선택한 당신에게
오랫동안 소란이고 싶다

매복

밤에만 환해지는 백자귀 목마르고
나는 나를 떠나려고 하네

저의 완전한 고독을 믿으십시오*
흉터 직전의 욱신거림으로 나를 달래느라
젖은 줄도 모르게 하는 고백이라지
여기는 어둠이 밴 방이어서
온 사람도 없이 이만 가보겠다고 말하는데

분간하기 어려우니 어둠인 것이지
헤어질 때마다 맑아지는 이마를 짚고는
남아 있는 체온을 세어보았지

내가 얼마 없어 울창해지는 통증을 얻었네
나를 찢고 밖으로 나가고 싶다는 것은
산성비와 진눈깨비도 걸음을 멈춘
태풍에 끊임없이 흔들려주는 것
혼자서 끊임없이 이 밤을 쇄도하는 것

시간은 질주하네 풍속도 없이
헛도는 나를 잠그고 잠깐의 아침이고 싶어
밤에만 좋았던 우정이었다 싶어

그럴 리 없을 것 같은 일들로
진짜가 만들어지는 시절이군요 지금은
내 혼돈은 어둠 속에서
가장 희고 고운 발꿈치를 들고 맴돌았지

아무것도 오지 않았으면서 향기만 남은 밤
이런 것은 뭐지
그것은 어둠이 내 고독을 의심했다는 증거

* 다자이 오사무, 『다자이 오사무 서한집』, 정수윤 옮김, 읻다, 2020.

이미테이션 텐트

집을 씻길 수 없을 때마다
여행을 떠났다

문 열고 떠난 날과 돌아온 날의 횟수가
같다는 일은 뜻밖으로 의아하다
이것이 깨지면 단숨에 슬픔이 시작된다는 것도

떠돌며 생긴 서랍 속 외국 동전들처럼
아무도 깨우지 않는 잠이 필요하다

무슨 일입니까? 이유가 무엇입니까?
그것이 정말 확실합니까?
매일 입국 심사를 받는 비좁은 국경
조악한 기념 자석으로 흉내낼 수 없는 서사

한 번도 물에 젖은 적 없이 나는 법을 배운
새의 심정으로 쓴다

가고 싶다, 라고 적고
돌아와야 할 곳에 있다는 게 어색해서

욕조에 물이 넘치도록
수도꼭지를 비틀지 못했다

집을 씻겨 내보내야 한다
집이 내게로 돌아오게 해야 한다

무한한 밤 홀로 미러볼 켜네

티브이에 춤추고 노래하는 내가 나온다

생선을 바르다 말고 본다 이 무대를 끝으로 은퇴를 선언할 댄스 가수 얼굴을 애써 외면하지 않는다

술 취한 자들의 노래만큼 엉망이었지 흥얼거리다 사라질 이름인데 너무 오래 쓴 거야 돌려주긴 그렇고 버리는 것이지

나도 잃어버린 것을 주워다 썼으니까

코러스 없이는 노래를 못해요 무반주는 아주 곤란해요 악보 볼 줄 몰라요 춤은 자신 있어 함성 질러주면 노래 열심히 안 해도 될 텐데

무거운 가발을 벗으면서 묻기를, 시작하는 게 두려워? 끝내는 건? 남겨진 질문에 흔들리는 귀걸이의 큐빅으로 대신 말한다

잘 모르겠어 모르는 게 많아 신비로울 줄 알았던 텅 빈 해골에 사람들은 찬사를 보내고 내장까지 꽉 찬 헛기침으로 구름을 걷고

내가 누군가의 기분이 될 수 있으리라 당신의 흥미를 비틀거리게 하리라

하지만 난 신의 오르골이 되었지 이쯤 해둘까 끝나지 않는 인터뷰 말미에는 말하게 될 것

무대를 떠나겠다고, 내가 남긴 노래 내가 남긴 말, 나의 춤보다 먼저 늙어버릴 육신!

질 좋은 무대의상이 있었지 출처도 모를 협찬이었지만 전 재산을 바쳐 그것을 걸쳐 입고 마지막 무대에 올라선다

밥상 밑에서 맨발을 긁적거리며 하얀 생선살을 가지런하게 바르고 있었다

노랫말처럼 살다 간 사람이 있었다네 베스트 앨범에선 아직 분장을 지우지 않고 잠든 이가 깨어나

무한한 밤 홀로 미러볼 켜네

정물원

신비로움을 간직한 새들만이 총에 맞았다
죽은 듯 산다는 말을 이해하게 되었다

누구도 넘으려고 하지 않던 펜스를 넘어
나무를 거창하게 흔들었다
눈빛이 깨지고 숲의 내재율이 깨어나게 되었다

열거가 필요한 순간에는 침묵했다
그건 오랜 묘기에 지친 자들의 장기였으나
구경거리를 자처했다

움직이면 탄로나는 사람이 되고 싶지 않았기에
말동무가 죽어나가는 숲속에서
나는 희귀종이 되었다
혼자가 용서되는 시간이었다

목 조르고 싶은 마음 따위가
계속 살고 싶어 안달이 난 게 의아하다
그것이 난간을 계속 걷게 하고
나의 곡예가 누군가의 유머로 둔갑하는 게
식상하고 재미있었다

숲을 샅샅이 뒤지는

헌팅트로피로 과거의 영광을 지닌 자들이 겨누는
눈 밖에 나기 위해서
나는 나를 의심하는 능력을 길렀다

살아 있는 것을 가두고는
오랫동안 걸었다

사람들이 기억하지 않는 숲으로
숲이 자신이 숲임을 잊은 숲으로

계수나무

내가 시들어 있는 동안
나를 지나치던 창백한 얼굴들은 모두 환했었다

백야는 눈감은 사람들의 동공에서 시작되어
꿈을 실물로 출력하는 재료가 되고
머리 위 둘레만큼 걷게 된다 설명은 부족하고 의심은 난무하는
어둠이 잔뜩 켜진 횃불을 들고서

어울리는 사람을 찾아다녔다
슬픔의 풍미를 더해주는 선물을 주기 위해서 월계관을 다음 사람에게 씌워주면
한 잎의 월계수를 닮은 손을 잡게 된다
조금 더 걸어볼 수 있을 것 같다는 예감 속에서

내가 피어 있는 동안 나를 구경하던 표정들은 먼저 구겨져 있다
미래 얼굴을 꺼내는 친절함에 홀린 채로
나는 걷는 것을 그만두게 된다
백야에서 누락된 사람들을 이제 만나러 가야지

빛의 파열음, 이라는 말을 듣게 된다

지저귐에 끝내 눈이 멀지 않기를 바랐다
바스러질 준비가 된 구멍 속에서 영혼을 면회했다
어둠 속에서 세어볼 수 있던 것들이
태양 아래선 꿈틀거리는 손가락을 가꿨다

새가 가늠할 수 없는 굴뚝의 깊이
넝쿨째로 달리는 들쥐
아침 수레를 밀고 가는 사람들

은유를 떠나오자 은유를 이해할 수 있었다
그렇게 우리는 만나지 않게 된다
서로의 최종적인 둘레가 되기 위해서

물보라, 산문, 눈총

들끓는 말 하나, 머리 위에 올려놓고 식어가는 중. 아마도 몇 해 기억을 떠돌며 수거한 해변과 반바지와 온갖 별명들 속에서 골라낸 사람, 사람들이 있었지. 늙은 거울 앞에 서서 깡통 같은 젊음을 의심했는데 이젠 아니야, 모든 부정문 끝에 맺힌 작은 세계. 적설량을 넘어선 눈발은 언덕을 만들고, 발이 푹, 푹 빠져도 계속 나아가는 천사들의 행진을 숨고르기라 부르면, 신호대기중. 비가 오면 어딘가는 분명히 젖는데, 끝나지 않을 것 같은 일도 결국엔 끝이 나더군. 데워먹을 수도 없을 만큼 차게 식어버린 밤은, 빨갛게 익은 복숭아뼈를 어둠에 심어두고는 도망간다. 밤에만 뒤척이는 것이 아름답지. 으스러지게 둘 수 없는 것이 지옥의 시간을 쓰고, 천사의 호위 속에서 눈동자도 깨우지 못하는 허상 속에서 다짐만 반복되는 것이지. 믿을 수 없는 일이다, 결코 믿어선 안 되는 일이다. 수첩에 떨어진 속눈썹 하나를 손가락으로 눌러 집으면 눈부셔서 잠이 쏟아졌다. 눈감으면 마주칠 것 같아서 눈감는 동안에는 내 것이 아니라는 생각, 가볍게 나를 내보내는 생각. 들끓는 말 하나를 깨부수며 태어나는 질문 같은 사람에게 편지를 보내고 싶을 때, 젖은 일기장을 빨랫줄에 걸고 그렇게 천천히 용서를 바랐다. 다시 따뜻해질 수 있겠지? 피를 돌게 하려고 물구나무섰는데 그대로 세상의 종말을 맞이한 사람처럼. 거꾸로 선 세계로 다가가면 어깨 위로 쌓여가는 눈총들, 눈알 없는 천사의 따뜻한 눈총들.

밀랍 양초를 켜둔 청록색 식탁

계단이 쌓여가는 것을 멈추게 하는 것이다. 그것은 내 혼돈의 목적. 식탁에서 먼저 일어나는 당신의 의자가 바닥을 긋는 소리. 시간에 반듯하게 자르고 싶은 절취선이 생긴다. 가장 소중한 것을 꺼내오고 싶은 것, 그렇게 우리는 기울어져서 서로에게 다시 기대는 최초의 흉물로서의 장식품. 마음에게도 기교가 생겨서 슬픔을 그치게 하는 나팔을 불고, 어떤 여름날의 피크닉을 화두로 오늘 치 눈물을 잠근다. 창밖엔 바람이 흔들릴 언덕의 나무를 고르는 중. 둘뿐인데 둘만 모르는 기분이 태어나 칭얼거린다. 아귀가 맞지 않는 서로의 계단을 이어가며 우리는 흔들리는 징검다리를 걷는 심정으로, 촛농으로 다시 세운 사람의 얼굴에는 불이 잘 붙지 않는다는 것을 안다. 한 줌 불빛을 지키기 위해 싸움을 미룰 수 없게 되었다. 뚝, 뚝 떨어지는 촛농. 은유를 기다리는 장식과 쏟아질 것 같은 샹들리에 아래 여기 두 사람.

하임(Heim)

잠든 벼랑을 깨워
더 높은 곳으로 가자고 말했지만
내 칭얼거림을 받아주지 않는다

책상에 앉아 글을 쓴다
어쩌다 매일 결말을 갱신하는 사람이 된다
내일도 무언가는 끝장날 것이다

내 손이 망치가 되는 길
내려친 식탁에서 자두가 떨어지는 일
개의 목축임을 돕고
상실을 조금 이해하게 될 때

간단해지고 싶었다
이것은 나의 오래된 악습

창밖 등목하는 노인을 본다
카펫 밑에 숨긴 손을 꺼내어본다
차갑게 죽어 있는 왼손
지금은 겨울인데
누군가 떠난 뒤로 나는 위아래로 걷는다*

며칠 지난 식빵을 굽는다

벼랑이 깨어나 기지개를 켠다 그러고는
책상 의자를 꺼내어주었다

그곳에 앉아 식빵을 뜯어먹었다
모서리부터 천천히 먹자
가장 폭신한 부분이 남았다

* 메이 사튼, 『하프웨이 투 사일런스*Halfway to Silence*』, Norton, 1980.

성탄전야

어린 순록들이 뿔에서 뿔로 마지막 불씨를 옮겨놓는 동안, 아직 정의 내리지 못한 겨울 속에서 손님을 기다렸다

예감의 눈보라는
눈보라의 예감보다 정확하지 않고

선물 이고 가는 저 벌거벗은 산타의 종종걸음을 방해하지 않을 만큼만 눈이 내리면 좋겠다, 그런 안부를 그에게 전해주고 싶었다

내가 기다리는 손님이라면

주머니 속에 껌 종이나 담뱃갑 은박지를 가진 사람, 내 어깨에 앉은 종달새의 부리나 구두코의 반짝임과는 다른 유행을 사는 사람이 올 거라고

그에게서 굴뚝, 뜨개바늘, 카펫의 유래를 듣고 싶다 이제 우리가 입에서 입으로 전한 이야기로 불씨를 지펴놓을 차례이니까

이맘때 거리의 캐럴을 엿듣고선 엉터리로 콧잔등에 옮겨와 흥얼거리던 사람이었다 내가 리듬을 말하면 간주는 짧아지고 어느새 코앞에 다가와 있을 사람

그만 자라고 싶은 나무가 걸치고 있는 저 꼬마전구를 보렴
그는 이제 다시 오지 않을 거야
아름다운 곳엔 나타나지 않아

그가 허수아비에게 몸을 빌려줄 눈사람을 만들러 갔다고, 창밖의 입김들이 재잘거리는 동안 눈 내리고 눈 그치고 눈 몇 번의 반복이 나의 겨울을 멋게 하기도 했다

눈송이를 이고 가는 저 사람이 넘어지면 함박눈이 내릴까요? 그런데 이런 기도는 누가 듣나요? 마법에 실패한 마법사 이야기가 생각나고

한 조각 남은 호두파이
촛농과 차가운 수프
폭설

눈송이의 수다를 엿듣다가 잠이 든다 아마도 그가 돌아와 입김을 다해 창문을 닦아줄 때까지, 나는 유래 없는 슬픔의 결정을 껴안고 세상에서 가장 반짝이고 아름다운 트리 장식이 되어 있을까

별 다음으로 뾰족한

어젯밤 카레, 내일 빵*

언제까지 우리가 같은 인사를
또박또박 할 수 있을지

어제 시궁창에 내다버렸던
오늘을 살면서
이것이 최선일 리 없다

열심히 밥을 비비는 우리가
텅 빈 부엌에서
어젯밤에 남긴 카레를 먹는다
포도잼과
우유 사이의 미래

꿈속에 반죽을 두고 와서
자꾸 부풀려야만 하는
이곳의 배고픔

* 기자라 이즈미의 소설 제목에서 빌려옴.

3부
우리의 눈빛만이 살길이었다

공범

뜸해져요 우리
갈 길이 먼 사람들처럼 서로를 등한시해요

우리 잠시만 위로를 멈춰요 당신이 물을 길어오기 전에 나는 땅굴을 파놓겠어요
검은 머리의 짐승이 울면 누군가는 목을 축인 것이고
숨어 있어요 잠시만 나타나지 말아요

석고상의 흰 눈알을 만지는 기분으로
마치 비밀의 부연 설명처럼 살고 있진 않았는지
부축을 그만하기로 해요
넘어지는 쪽에서 일어나는 법을 배우진 말아요
누가 나타날 것 같다는 기대를 저버려요

멀리 가려는 당신의 마음을 볼 수 있어요 투시력 같은 건 믿음과 의심이 사랑할 때 생기는 능력이지요
두고 가는 것과 버리는 것이 다르듯
우리 서로의 나머지는 되지 말아요
더하고 뺄 것 없이 속삭여요

유행을 벗어난 거리에 걸려 있는 중절모처럼 당신을 쓰게 되는 날이 올 것 같지만
대머리만이 대머리의 기분을 이해해요

감출수록 돋아나는 우리는
모든 걸 멈추고 잠깐만 창피해져요
지금은 빨강이 필요하니까

우리는 과녁 앞에 쏟아져버린 화살이 되어
부러지더라도
희미해지지 말자는 약속을 해요
서로의 가장 빨간 부분을 겨누면서
멀리 가려는 뒷모습에
잘 가지 말라고 말하는

오늘은 당신이
내게 참 잘 어울리는 날이었어요

나나너너

항구에는 배를 타러 온 사람보다 바다만 구경하러 온 사람이 더 많았습니다 그해 여름, 데려오지 못한 것이 있어 나는 수몰된 풍경에 두 손을 담급니다 두 손이 걷는 날입니다

겨울이면 우린 서로의 아껴 모았던 여름으로 녹이고 싶은 물의 마음을 헤맸습니다 그 속에서 꺼낸 죽은 생물은 너의 손이었을까요 그해 여름, 사진 한 장 없이 함께 기억하는 바다에 대해서 엇비슷한 제목을 지으며 살아갈 수도 있겠어요

너의 언어 너의 노래 너의 이름을 나는 여름의 한 구절로 외운 적도 있었는데, 너는 왜 여름을 좋아해? 이 세상 온통이 여름인 것처럼? 아득한 질문은 나를 오래 살게 합니다 벙어리장갑보다 작은 너는 어디에도 없습니다

우리는 아주 혹독하고 추웠던 한 시절을 녹이기 위해 이만큼 덥고 습하게 숨쉬며 견디는 것 같아요 나는 언제나, 곁에 내가 없는 당신만을 좋아했는데 두 손으로 빠져나가는 우린 비늘을 닮고도 다른 헤엄을 친 것이 틀림없어요

그해 여름 우리는 배를 타지 않고 바다만 보고 돌아오자는 말을 했습니다 제목 없이 저장된 산문처럼 끝없이 끝을 향해 가볼 수도 있었을 여름이었는데, 미완성 파도만이 나를 밀어냅니다 지나온 여름이 우리를 기억할 때, 겨울에도

손에 땀이 나는 이유를 조금 알겠습니다

레몬스웨터블루

준이치, 그때 우린 궁금해하지 않았지 홀연히 사라지는 재주에 대해서, 서로 단추 없이도 잠기고 라켓도 없이 받아치는 게임을 하면서. 그때 나는 셔틀콕이 걸린 나무가 되어 흔들리고 싶었지 흔들림을 눈여겨봐야 하는 제자리에서 본 우리 얼굴은 지나치게 젊고 초라했어

오래된 노래에 한 시절을 묻고 멀리 와버렸지 준이치, 너와 내가 열렬했던 음악이 우리의 입술을 베꼈다는 착각에 간주를 아슬아슬하게 반복했지 우리는 어떤 노래와도 어울리지 않아 다만 노래가 될 수 있을 뿐 흥얼거림만으로 선명할 수 있는 채도로, 서로를 물들이고 물드는 게 재난임을 모르고

소복이 내리는 눈, 자발적으로 닫힌 문. 오래된 대만 영화가 시작되고 우리는 자막보다 앞서는 대화를 읊조리고 있었어 이게 다예요 전부였어요 말하지 않는 네게서 많은 걸 받아 적은 날엔 귀가 먹먹해졌지 악보엔 영영 할 수 없는 말들이 새겨져 있었잖아 이것을 연주할 수 있는 건 오로지 우리의 뒷모습뿐이라는 것을

준이치, 네가 떠난 의자에 앉아 생각해 불장난 같았거나 벽난로였거나, 쬐기 좋았던 불씨가 더는 번지지 않는 것이 이상하고 신기해 눈길이 미끄러울 때도 습관처럼 네 이름

을 부른다 우리는 우리와 닮은 곳을 찾아 누웠지 도형을 온몸으로 익히며 어지러운 우리의 전개도를 헤맸지 충분히 방황한 줄 모르다가

우리는 따뜻해 죽을 수도 있는 열대어를 취급하는 방식에 관해 이야기할 필요가 있었지 때로는 내버려두면 스스로 질겨지는 돼지가 되어 가장 크게 울고 싶었지만, 우리는 아무도 돼지가 되고 싶지 않은 세련됨이 멋인 줄 알고 준이치, 나는 생각해 따뜻한 스웨터를 입고 턱을 괸 다음, 무너질 일 없는 의자에 앉아 하게 될 말이란 무엇일까

주말부부

당신은 아주 먼 친척처럼 보인다
고향의 특산물을 먹지 않아도 잘 사는 사람이 되었다
피를 세어보다가 사랑을 권하게 되었고
우리는 함께 건강이 나빠졌다

당신의 못질이 필요한 나의 벽에는
하얀 귀들이 걸려 있어 제법 우아하다
북유럽풍이라 부르지만 실상은 없는
접시의 무늬처럼 어지러울수록 기분은 좋았다
달력은 활력이 될 수 있다고 믿었기에

뒤섞인 빨래에서 살냄새가 흐르고
아직 태어나지도 않은 아이의 이름을 부르다가 입맛이 없어졌다
몇억 년 동안 계속되어온 이 피의 유산을 생각하면
학교 앞 전당포에 맡긴 시계가 생각났다
유전은 소름 돋는 것이니까

집에 있어도 집에 가고 싶다고 말하는
보고 있어도 보고 싶다 말하는
말하지 않아도 다 안다는……
엉겁결에 우리는 세상에서 서로의 약점을 가장 잘 아는 사람이 된다

피도 눈물도 모르게

집 앞 버려진 신문들은 모두 평일의 소식들뿐이었다
당신은 계속 자고 싶어한다
조금 쉬면 괜찮다고 말하지만
심장에는 피가 멎지 않는다
비행기가 저녁과 밤 사이를 가로지르며 날아간다
벌어져 있는 시간을 어쩔 줄 몰라 하며
떠 있다

대화 줍기

해줬던 말을 어딘가에 흘렸어요
밤새 이불 속에서 헤맨 일밖에 없는데

내게 새겨진 말은 자주 나를 어디엔가 두고 내려서
국어사전을 펼치며 내 이름을 찾아보는 장난처럼 금방 끝나기도 해요

가로등 한 자루 없는 어둠 저편에서 절름발이는 나를 보며 말없이 그냥 지나치기도
온통 눈빛뿐인 흔적도 있었지요
눈감으면 더 잘 보이는 잔상처럼

묻고 싶은 입술과 묻어버린 입술은
회전문처럼 우리 사이를 편안하게 지나칠 수밖에요
알면서도 그랬지요 그게 맞다면서요

줍는다고 경찰서에 갈 건가요 우체통을 찾겠습니까 가끔 캄캄한 밤에 내리던 전화 한 통이 생각나요

당신은 수화기 너머로 날 살려준 적 있지요
잡곡밥을 씹다가 청바지를 개키다가
문득 떠오르는 말 한마디에 멎게 되는
여기는 모자란 삶이지만요

기억력이 나빠 자주 수첩을 찾던 당신이 해줬던 말을 찾으려고 조금 먼 길을 나서요

어디선가 허리를 굽히며
내가 해줬던 말을 찾고 있을 당신과
마주칠지도 모르는 일이지만

피치 못할 사정 같은 게 어디 있을까요

망원경을 선글라스처럼 쓰고 다니면

탁자에 놓인 잡지를 넘기다
마음에 드는 옷과 가방을 발견한다
그게 비록 작년의 간행물이라도
우리가 결코 늦지 않았다면

땅으로 떨어질 듯 피어난 나팔꽃을 보며 아내는 슬프다 말하고 난 예쁘다 말하며 걸을 때
멈춰 서게 되거나 혹은 서둘러 집에 가고 싶은
이 나란함을 자세히 볼 필요가 있다면

주말 오후 바닥을 쓸고 있는
아내의 손목에 노란 고무줄이 자꾸 생겨난다면
언젠가 우리가 버린 내일을 주워다
오늘을 고쳐 쓰고 있는 거라면
피곤한 서로를 관두며 그러려니 하는 끄덕임으로 달력을 채워왔다면

여보, 우린 왜 이렇게 다를까
좋지도 싫지도 않은 표정 속 이름 없는 아기의 기저귀가 뭉개져 있으면
끝까지 하지 않는 말이 진짜라면
오래된 달력에서 토요일을 월요일로 착각하고 있다면
아내가 달력 있던 자리에

생활용품점에서 산 마네의 〈풀밭 위의 점심식사〉 액자를 걸어놓을 때
알뜰해졌네, 우아해 보인다!
그런 핀잔 속에서 가짜를 진짜처럼 믿고 있다면
너무 많은 진짜 속에선
모두 가짜로 보이듯

베란다 너머로 아파트 불빛이 하나둘 켜지고, 그들을 자세히 보기 위해 이제 불을 끄고 싶다면
문턱에 발을 찧고 코앞에 시차가 생길 때

우리의 띄어쓰기가
다음 줄거리를 기약하지 않아서
망원경을 선글라스처럼 쓰게 된다면
유행이 우리를 버리고 떠돌다
촌스러운 무늬로 사랑을 짓는
밤의 얼굴로 돌아오고 있다면

나타나는 일과 사라지는 일이 같아진
우리가 오래오래 꿈을 헤매다 얻은 지도를 펼쳐
밝은 낮으로 아침을 맞이하고 싶어서
아내와 내가 캄캄한 두 눈으로
수수께끼를 풀고 있다면

휴업일지

겨울에는 쉽니다 자주 있는 일이지요
가을엔 주머니가 모자랐는데 여름엔 더이상 심을 것이 없을 만큼 바빴다는 걸
쉬는 동안 생각합니다
땅이 안도할 때 싸리눈 내립니다 태몽 꾸기에 좋은 날씨예요

수확한 열매를 잘 닦습니다 아직 세상에 알려지지 않은 맛이라고 하더군요
영영 알려지지 않을 수도 있지만요
푸른 트럭이 오면 가득 실어 보낼 것입니다
텅 비어 돌아오는 게 반가운 겨울이에요

겨울에는 광장에 나가 사는 이야기 좀 해볼까요
손을 녹이는 일로 불꽃을 지킬 수 있잖아요 소리도 없이 오늘은 폭설이라나
거리의 사람들이 서로 소복하게 쌓여요
언 귀를 모으면 언젠가 장작으로 쓸지 모르겠지만
이토록 따뜻한 눈보라는 기록되지 않을 것입니다

창문을 닫고 바라보고 있어요
이불을 털고 있는 사람들이 더이상 자라지 않는 어깨로 안간힘을 쓰고 있네요

춥다 어서 들어가자 벽난로 있는 아늑한 집으로 들어가자
들어가서 나오지 말자
입김을 보며 대화를 상상하곤 했답니다
태어나자마자 겨울을 본다는 건 굉장한 일이라고요

봄이 오면 언 땅을 지울 발자국을 꿰맬 것입니다
이제 바빠질지도 모르겠군요
저멀리 빈 트럭이 달려오고 있네요

손 흔드는 인사만이
뿌옇게 김 서린 도시를 닦으면
어제 꾼 꿈은 누구에게
매달아줄까요

트럭이 도착합니다
이번에도
우리 차례가 아닙니다

이제 누가
어떤 맛으로 울면서
깨어날까요

불개미지옥천사

나는 신이 아끼던 찻잔을 깬 불청객. 포도씨가 떨어진 카펫에 가만히 앉아 개미를 다 모았어요. 심장으로 달려드는 붉은 개미를 모아드리려고, 나를 낯설어하는 신에게 애도를 표현해요. 나는 헤매는 직업을 가졌지요. 산책은 신이 내게 준 유일한 능력이에요. 아몬드나무, 생강나무, 실격된 나무, 나는 방금 빨갛게 부어올랐어요. 알아볼 수 있을 만큼만 아팠어요. 나는 혼자서도 잘 들끓는 사람. 다리가 저릴 때마다 내 몸을 지나는 불개미는 심장에 모였다가 쓴맛을 맛보고 도망가요. 나는 계속 쓰기만 한 사람. 개미를 긁어모았어요. 당신이 나를 좀 알아봐줄 것 같아서, 아카시아 향기를 어기고 나는 사람 모양의 구멍처럼 박혀 있다가 당신이 흔드는 열쇠고리 소리에 깨어나죠. 시시한 속임수에 빠진 개미겠지만, 끝내 당신이 죽이지 못할 불운. 팔이 저릴 때마다 개미를 줄게요. 나는 당신의 징크스에 사는 생일. 나는 부지런한 사랑뿐이라서 오래가요.

미궁

울창한 숲을 그렸다. 그곳을 향해 들어가는 두 사람도 그렸다. 여보, 이들은 산책을 가는 걸까? 죽으러 가는 것일지도 모르지. 이해하는 앞모습은 끄덕이는 당신과 나를 닮았을 것 같다. 이 그림의 주인은 우리가 아니었기에, 나는 그림 속 두 사람에게 심부름을 보냈다. 열매와 새들이 나무에 매달려 있었다. 이건 풍경의 기본이지. 얼룩진 안경을 닦으며 아내는 두 사람을 빤히 쳐다보았다. 숲이 있고, 새와 열매로 가득한 나무 아래로 걸어가는 두 사람이 있다. 걷는 건지 서 있는 건지 알 수 없었지만 알고 싶은 것이 없는 축 처진 자세였다. 아내는 붓을 씻어다 주며 두 사람에게 무슨 심부름을 보냈는지 궁금하다고 했다. 궁금한 것이 있는 자만이 이 숲을 뛰쳐나올 거야. 그땐 혼자일지도 모르고 금세 돌아갈 방법을 찾아 헤맬 수도 있지. 어쩌면 영영 헤어지게 된 것일 수도 있어. 말 한마디 없이 돌아서면 끝나는 걸까? 아내는 손톱을 물어뜯으며 애써 내 등을 어루만져주었다. 그림은 완성이 되어가고 다시 울창한 숲이 있고, 새와 열매로 무성한 나무 아래로 걷는지 서 있는지 알 수 없는 두 사람이 있다. 해도 달도 그린 적 없이 이 숲은 금방 끝날 것 같지 않고, 머지않아 외투가 필요할 것 같다고 생각했다. 먼저 잠든 아내 머리맡에 그림을 놓아두었다. 이 숲은 당신의 둘레만한 액자가 필요할 것이다. 아내의 안경은 여전히 얼룩져 있다.

모와 미

두 사람은 서로 실화가 되기 위해 안간힘을 썼다. 온갖 허구를 동원해 소문을 연기하면서, 파문을 일으키면서. 모와 미는 세 사람이었다. 어쩌면 한 사람.

신장과 체중과 옷차림은 모두 달랐지만 유행과 경향을 비슷하게 읽어갔다. 같은 분위기 아래 다른 맥주와 다른 상상을 했지만, 같은 것을 견디고 싶어했다.

알고 싶은 것보다 보고 싶은 것이 더 많았다. 모와 미는 서로의 정물화가 되었다. 모와 미는 서로 바뀐 줄도 모르고 살았다. 우리라는 영원한 착각 속에서 신발을 고쳐신었다.

언덕 위에 언덕을 쌓았다. 모와 미는 달라지고 싶었다. 같은 줄거리에 서로 다른 첫 문장을 선사하는 일. 끝나는 곳에 마중나오는 일이 새로운 문을 열어주는 일이 될 것을.

모와 미는 서로의 등에 몰두했다. 말없이 오래갈 수 있게 하는 주문을 쓰다듬었다. 인형 등에서 꺼낸 건전지처럼, 서로의 등뒤로 허물어진 앞날을 문질러주었다.

모와 미는 아마도 헤어질 것이다. 모와 미는 강렬한 찰나를 갖고 싶어했을지 모른다. 모는 미를, 미는 모를 걱정했지만 거짓 없이 실화는 태어나지 않는다는 걸 깨달았을지 모른다.

모와 미는 네 사람이 되었다. 창틀에 걸터앉아 이야기할 때와 취침등을 끄고 누웠을 때, 손잡고 걸을 때와 잡화점에서 선물을 고를 때…… 침묵은 허기였고 동시에 허기를 달래는 건 갈등뿐이었다.

모와 미는 더이상 언급되지 않을 것이다. 모는 미를, 미는 모를 떠난 적 없이 끝이 났다. 이 작고 가여운 서사를 기억하는 사람은 없다. 과거를 선별하는 재판만 남아 있었을 뿐.

모는 여름으로, 미는 겨울로 갔을 것이다. '소식에 따르면'이라고 부를 만한 소문도 남기지 않고. 모와 미를 묘사하는 사람은 모와 미가 보고 싶거나, 모와 미를 잊어야 하는 사람일 것이다.

린넨 시절

의자를 빼앗기면 테이블 떠날 사람이 정해진다 서 있는 건 누구나 하고 있었으므로 앉은 자만이 주사위를 던진다 윤곽 없이 테두리를 알게 된다 너와 나는 그렇게 헤어졌다

미문을 이마에 얹으면 꿈은 글귀가 된다 읽으면 사라지는 마법에 걸린 창백한 거울은 제 몸에 비치는 걸 읽지 않는다 난해한 얼굴은 그렇게 태어난다 나는 네가 보고 싶지 않다

스며들 만큼 벌어져 있기를 바라는 기도를 한다 식빵과 잼 사이엔 독을 키운 벌이 날아든다 독을 놓기에도 아까운 사람이 집에 살고 있었다 주인인 척 행세하는 게으름이 흐르고

아낀 말들이 겨울로 유배를 간다 침묵을 부수던 망치는 아무렇게나 던져져 있을 때 아름답다 무기가 주인을 잃으면 흉기가 되는 것처럼 너는 나를 두고 간다 나도 너를 두고 갔는데

오래된 관광지를 떠나는 기분으로 노인의 무릎을 본다 보수가 되지 않은 마음만이 물을 흘린다 누구 없어요? 묻는 틈 사이로 너무 많은 사람이 고여 있고 선풍기는 반복을 반복한다

누가 나서야 할지 모를 때 의자는 빼앗긴다 어떤 혼방으로 엮여 헐렁하고 느슨하게 버텨내고 있는 걸까 그렇게 견딘 계절엔 속수무책의 구멍들로 가득해 그게 시원한 줄 알고

너를 알게 된 함정을 나는 여름이라고 생각한다 함부로 땀을 흘릴 때 가여움에 속아 너를 용서한 적이 있다 날카롭게 숨쉬는 나를 쥐고 너는 숲으로 간다 헐떡일수록 질겨지는 서로를 갈아입고서

천박한 사랑에 관하여

아내는 내게 오라고 하였지만
나는 가지 않았다

그것이 침대 귀퉁이만 돌아도 갈 수 있는 일인지, 맨발로 유리 조각을 지나야 하는 일인지 알 수 없었지만 목소리만 남았고 나는 숲에 불을 지른 것 같다
불이 끝나는 쪽으로 향하기 위하여

마주댄 것이 많아 타오르기가 쉬웠다 그 숲에서 아내는 물을 심어둔 것 같다

괘종시계 앞에서 불확실한 것과 손에 쥔 영수증 앞에서 불투명한 것이 우리를 각각 다른 곳으로 불러냈다 사랑을 멀리하라는 신의 계시였고 거역했지만 나와 아내는 거의 동시에 제 발로 사랑을 빠져나왔다
살려달라는 말을 둘째 아이처럼 낳고

아픈 사람에게는 가고 싶거든, 첫차든 막차든 빨리 가야만 한다는 이 심정을 해치우고 싶으니까, 그래도 이게 사랑이 아니라면
야채죽의 당근을 건져올리는 플라스틱 숟가락
이마에 얹어보는 차가운 손바닥
그런 사랑의 도구는 유물이 된 것 같다

아마도 아내는 괘종시계를 저수지에 던지며 시간을 회고하거나 물이 불어나기를 바랄 것이다 불을 지핀 사람은 불을 끌 수 없다는 생각으로 나를 자꾸 불러내고

저멀리 그을린 그네가 흔들린다
우리는 서로의 마지막 암시가 되지 않기 위해서
두 눈을 지그시 감았다
오랜 풍문이었다

건투를 빕니다

다정함을 적선하여 많은 사람을 유리 진열장에 두었지요. 새벽 출국장처럼, 대부분 투명하게 사라졌지만…… 한때 북적거림을 끌어안고 버텼습니다. 고독과의 지긋지긋한 싸움이었네요.

하룻밤 사이 몇천 년을 건넌 사람처럼 지쳤어요. 슬픔을 공산품처럼 다루게 되었지요. 창밖 사이렌만 울려도 움찔합니다. 나의 알람이 울렸나요? 가스레인지를 보고 현관문을 다시 잠급니다. 그대로인 채로 엉망일 수도 있다는 게

그리 놀랍지 않습니다. 진열장 사람들이 하나둘 넘어집니다. 빗금으로 가득한 나의 광장은 아수라장이 됩니다. 차라리 그게 낫습니다. 눈에 보여야 수리할 수 있으니까, 그러나 아직 이곳은 아픈 곳이 보이지 않는 암흑병동입니다.

찻잔을 비우고 가랑비에 젖고 해가 뜨도록 속옷을 빨고…… 내가 반듯하지 않다는 걸 알게 됩니다. 반복이 비틀어가는 나를 봅니다. 거울 뒤에 누가 서 있고, 눈감으면 천장을 횡단하던 진열장의 사람들이 수줍게 나를 비웃습니다. 오늘 나는 운좋은 유머였나요?

원하면 작별을 공작할 수 있습니다. 날씨와 도모해 하루를 버릴 수 있습니다. 나만 있던 자리가 정말 나 혼자였는

지 세어봅니다. 만나지 않고도 접전을 펼치는, 말라가는 사랑에 장화를 신길 수 있는, 그 장면만이 벌거벗은 나를 투명하게 비추는.

피오르드의 연인

아름다운 것을 그대로 두는 것이 어려웠다

개와 물푸레나무 울타리와 트랙터 발작과 키스…… 하염없는 것들의 견고한 사랑으로 이루어졌으니
종종 당신의 예외가 되고 싶었던 모양

고전 속 은유들로 설명되지 않는 것이다 우리를 아프게 하는 것은, 내일이 무표정으로 찾아오는 것은
당신의 단골손님처럼 살아간다는 것
불 끄면 푸줏간은 이토록 무서운 곳인데, 물컹 꼬리를 밟고 우는 것도 정작 나뿐인 곳에서
위험한 쪽을 내다보지 않는 우리의 아늑함을
애태우고 싶었는지도 모른다

당신의 서재에서 돌아오지 않는 당신을 기다리다
내가 숨길 것이 더 많아지는 일처럼

당신을 사랑한 이들이 두고 간 수많은 편지는
미응답 속에서 각자 품어온 열매를 베어 물게 했다 나는 나만 겨우 매달 수 있는 텅 빈 나무를 기르느라
겨울에게 잠시 체온을 빚졌고

이웃의 다툼마저 살가워 보일 때

나는 누가 수선 맡긴 사람입니까? 찻잔도 그릇도 아닌 나는 어디가 바닥입니까?
당신을 닮은 거울은 여전히 말이 없었다

어디에도 기울지 못한 꿈은 기억나지 않았다
다만 쫓아오는 것은 모두 파편이었으므로
그게 나의 어디를 찌르게 될지 잘 알고 있었으므로

눈을 뜨면 처음 만지는 게
당신의 얼굴이었다

공동 언덕

이미 만나고 있었지만 감추고 싶었고
만날 곳이 필요했던 우리는
주저앉은 밑바닥을 밀어 언덕을 세웠다

구르고 나면 깨어나는 건 손바닥뿐이었다 그 손으로 잠든 당신을 깨우고 콩나물을 씻었다 그렇게 다시 바닥을 짚고 기어올라간 곳은
손이 손에게 안부를 흔드는 풍차

부엌에 창이 나 있어 좋았지 잘못 눌린 풍금처럼 울다가도 멈추곤 했으니까 날씨를 내다보고 꺼내놓은 이불처럼 더는 내려갈 곳 없이 바닥에 주저앉아 카디건 보풀을 떼면서 나 혼자 들끓는 것이 재미있었다

생각이 날 때마다 물을 줘서 죽은 화분은
우리의 안색이 되어간다
그렇게 볼 수 없게 된 열매를 멀리 두고 왔다고
믿기 시작한다 기도 없이

시간은 있었는데 앉을 곳이 없었다 가려고 했는데 문이 잠겨 있었다 기다릴 때 마침 소나기가 내렸다
혼자 다급했던 마음이 당신의 하품에 와장창 깨지고
우리가 앉아 있던 벤치는 최대치로 자라난다

작은 손 언덕

손부터 씻고 와 그런 말에 당신을 잠깐 보내놓고는
오늘은 숟가락보단 시끄럽게
떠들고 싶단 생각을 하게 되고

아침에 나는 깨진 유리 조각 당신은 저녁이면 덩어리가 되어 돌아온다
밟으면 안 되는 바닥을 살피면서
오지 않을 내일에 어두워지고

우리는 서로를 보기 위해 언덕을 파헤쳤다

허밍버드

새장 모형 속 솜으로 채워진
가벼운 새들처럼
앉아 있는 것이 최선이겠군요

종류가 이름이 될까봐
흰 조약돌을 알처럼 품고 있는 이름 없는 새에게
우리는 진실을 깨뜨리는 것을
보여주고 싶어하는군요

그해 우리는 사랑했던 사람을 반듯하게 심고
기나긴 가로수들을 지나왔군요
시외버스 맨 뒷자리에서
버튼도 누르지 않은 엘리베이터 안에서
했던 말을 또 했던 것 같군요

새는 듣고 싶은 말과 할 수 없는 말을
한 낱말에 새겨 기억하는군요
고양이세수로 겨우 어제를 헹구지만
우리는 꼭 씻겨주고 싶은 얼굴을 하고서

밥이나 먹자고 낡은 교자상을
심장 가까이 끌어당기기만 하는군요
오늘도 주소를 간신히 놓지 않았군요

새가 바라다보고 있는 자리에서
마치 비행에 실패라도 한 듯 바짝 엎드려
방바닥을 닦고 있군요

쌀벌레처럼 번성하는 침묵이
이제 더는 가렵지 않고
창밖에서 싸우던 사람들이 인간이라는 종류를 부르고

우리의 무엇을 열면 새는 날아갈까요
꿈에서도 더는 할말이 없는데
자꾸 같은 말을 반복하는
우리에게서 저 새가 배운 것이라고는
떠날 때를 아는 것일까요

이제 새장 속에는 새가 없군요
우리는 혹시 서로의 물건을 깔고 앉진 않았는지
잠시 엉덩이만 들썩이고 있군요
불러도 대답 없는 이름만 간수하며 사는데

새가 본 새들 중에 우리는 가장

눈빛수련

초가을이면 무언가를 줍고 싶습니다. 빈손끼리 마주잡는 일은 그만하고 싶습니다. 가능한 한 멀리 가면 좋겠군요. 그렇게 주인이 있는 숲에 잘못 들어섭니다. 씨앗을 몰래 심고 도망가는 도둑의 눈빛을 훔친 건 우연이었습니다. 말하지 말아야 할 것이 생길 때마다 나의 눈동자 속엔 어둠이 우거졌습니다. 그곳에서 곧, 무시무시한 것이 자라날 거라고 했습니다. 바라봐주는 것만으론 살 수 없는 것이라고 했습니다. 씨앗 앞에서 첫차를 타고 온 사람들이 울었고, 애석하게도 눈물을 받아먹어야 했습니다. 슬플수록 분명하게 자라는 것이 있었습니다. 그것이 되고 싶어서 상처를 애지중지 여기던 시절이 있었습니다. 상처가 아물지 않기를 바랐습니다. 헤매어도 좋으니 잃고 싶었습니다. 줍는 것 없이 돌아가도 좋으니 떨어지고 싶었습니다. 눈빛만이 가장 늦게 몸속에 잠드는 손님이었습니다. 눈을 감아도 계속 들리는 창문을 열고, 이제 막 자라난 것을 바라보고 있습니다. 그것도 역시 나를 바라보고 있습니다. 누가 누구를 먼저 줍게 되는지 궁금해지는 날엔 가을이라 말했습니다.

끝에서 첫번째

너는 한 자루 권총
나는 비범한 안개

이 무궁무진함을 끝낼 수 있겠니

서로를 두고 가면 오래 갈 수 있을 것 같아
그런 예감이 끝나는 곳에 서 있었다

우리의 눈빛만이
살길이었다

폐막식을 위하여

이 무대를 끝내기 위해
처음부터 다시 시작한다

서둘러 빚을 꺼내려고
벼락을 샅샅이 뒤지던 날에 기록한
망가진 그날의 일기가
오늘 무대의 조명을 갖춘다

인형탈을 벗고 쉬는 용서를 보았을 때
지혈되지 않던 밤의 기쁨을 알게 되고

함부로 깨웠다가 영영 잠들지 않는
자명종을 목에 걸어주고는
꿈에서만 참견하는 악몽이 되어주기로 한다
익숙하고 끔찍한 친절함으로

골절된 영혼의 인형극에 몰입하며
차례를 기다린 건지도

바닥난 사랑에도 이 무대는
영영 끝나지 않는다
어느 날의 독백을 지우고는
삶을 퇴고하게 된다

다음 행복을 모사하는 것도
슬픔이 가진 배역이었기에
머지않은 출구를 열지 못하고
벼랑 끝에 서 있다

무대에 두고 온 이 시는 이렇게 끝이 난다
누구도 버린 적 없어서
아무도 끝까지 읽은 적 없는 시

사랑에 흠씬 두들겨맞고도 계속해서
포옹을 여는 사람에게

이제 아름다운 퇴장을 보여줄게

해설

내가 되지 않는 시

박혜진(문학평론가)

1. 움직이는 슬픔

존재로서의 슬픔이란 무엇일까. 슬픔에 주체의 자리를 내어줄 수 있을까. 삶은 슬픔을 내포한다. 때로 슬픔은 삶에 동반되는 일부에 그치지 않고 삶이 있었음을 증명하는 발급서가 되기도 한다. 그렇다 해도 슬픔이란 역시 주관적이고 개별적인 단위에서 발생하는 불안정하고 불가해한 상태에 지나지 않아서 나는 이 문제를, 그러니까 존재로서의 슬픔이나 주체로서의 슬픔에 대해 본격적으로 생각해볼 용기를 내지 못했다. 오직 나만을 위해 준비된 슬픔이 자신의 정면을 보여주기 전까지는. "사는 동안 내내 얼어 있던 문장이 녹기 시작했다."(「휴가저택」, 『휴가저택』, 아침달, 2018) 얼어 있던 슬픔이 녹기 전까지는.

한국어판 제목은 '행복의 형이상학'이지만 원제는 '실재적 행복의 형이상학'인 책에서 알랭 바디우는 공유된 가치, 혹은 정동으로서의 행복에 대해 문제삼는다. 철학자가 행복에 대해 말하는 것이 우리에게 그리 익숙한 장면이라 할 수는 없다. 행복은 일시적으로 나타났다 사라지는 감정 또는 감정적 동요를 말하는 차원에 머무르는 것이지 우리가 흔히 철학적 주제라 부르는 것들, 이를테면 인식론이나 존재론과는 거리가 멀어 보이기 때문이다. 그러나 알랭 바디우는 다음과 같은 질문으로 "내재성의 행복"이라는 다소 낯선 질감의 행복에 대해 말하기 시작한다. 이 질문은 내게도 모종의 용기를 주었다. 슬픔 그 자체를 응시할 수 있는 용기 말이다.

> 산다는 것은 무엇인가? 존엄하면서도 강렬한 삶, 엄격하게 동물적인 특질들로 환원될 수 없는 삶이란 어떤 것인가? 여기에서 문제가 되는 정동을, 실재적 행복의 정동을 나타내는 삶이란?*

바디우가 말하는 '실재적 행복'이란 환상적 행복이나 동화적 행복과는 구별되는, 고통과 노동이 수반되는 집합적 진리의 정동이자 진리의 몸에 그 구성요소로 통합된 주체들의 정동으로서의 행복이다.** 책 전체에서 내내 그는 행복에 대한 기존의 정의들을 반박하고 자신의 정의를 주장한다. 개별적이고 주관적이며 순간적이고 돌발적인, 다시 말해 외부로부터 주어지는 감정이나 기분, 혹은 만족 상태로서의 행복이 아닌 내재적 관점에서의 행복 개념은 공유된 차원으로서의 행복을 말한다. 그리고 이것은 새로운 진리 주체를 발견하는 결론에 이른다. 물론 실재적 행복의 형이상학에 대한 논의에 접근하는 것은 이 글의 목적이 아니다.

---

* 알랭 바디우, 『행복의 형이상학』, 박성훈 옮김, 민음사, 2016, 145~146쪽.

** 같은 책, 188쪽.

그에 따라 발견되는 진리 주체를 규명하는 것도 이 글의 의도와는 상관이 없다. 그러나 알랭 바디우가 행복을 사유하는 방식은 우리가 이제 막 읽기를 마친 서윤후의 시 세계에서 새로운 진리 주체가 출현하는 순간을 붙잡는 데 결정적인 그물망이 되어줄 수 있다.

슬픔이라는 명사에서 시작해보자. 슬픔을 모르는 사람은 없다. 그것은 알기 이전에 경험하는 감정이며 경험하기 전에 압도당하는 정서적 재난 상태다. 그러나 앞서 읽어온 것과 같이 서윤후 시의 중심축을 이루고 있는 슬픔은 자연발생적으로 출현해 아무런 충돌 없이 이해되고 마는 불만족스러운 기분으로서의 슬픔과 구분되는 정동이자 존재로서의 슬픔이다. 얼음이 녹아내리듯 상태 변화한 슬픔은 흐르고 휘발되고 섞인다. 움직이기 시작한 슬픔은 모두가 아는 각자의 슬픔에서 아무도 모르는 모두의 슬픔, 이른바 실재적 슬픔의 형이상학이라는 결정체를 추출한다. 결정체로서의 슬픔에서 만나게 될 진리 주체가 무엇일지 우리는 아직 알지 못한다. 그러나 새로운 행복을 선택하는 것이 진정한 삶에 이르는 선택이라고 생각했던 바디우의 생각은 반대의 경우에도 유효할 것이다. 새로운 슬픔을 선택하는 것은 진정한 삶에 이르는 선택이다. 행복의 경우와 마찬가지로 슬픔 역시 동물적 특질들로 환원될 수 없는 삶에 대해 대답해줄 수 있다는 믿음이 내게는 있다.

나는 인간을 단련해온 슬픔에 대해 떠들고 싶지 않다. 인간을 훈련시키는 실패와 반복에 대해서도. 슬픔의 사육법에 의문을 가진 적이 한두 번이 아니었으므로. 순순히 맹인이었던 슬픔의 두 눈이 되어준 것도. 한순간 밤을 일으키는 기적에 대해서도. 어둠속에서 우글거리며 흩어지는 밤의 벌레들, 마음을 간질이며 오랫동안 괴롭혀온 그 고통만이 마음의 유일한 흉곽이다. 이 저택의 유일한 울타리다. 그러나 슬픔은 재주넘으며 찾아왔다. 슬픔의 먼 친척들까지도……*

첫 시집 『어느 누구의 모든 동생』(민음사, 2016)과 산문시집 『휴가저택』, 그리고 지난해 출간한 콘셉트 시집 『소소소小小小』(현대문학, 2020)에 이어 발표하는 네번째 시집 『무한한 밤 홀로 미러볼 켜네』에서 서윤후는 지금까지 그가 보여주었던 누적된 슬픔의 초상을 전진 배치한다. "모르는 슬픔이 움직이는 이유를 잠깐 떠들고 싶다"고 말하는 「누가 되는 슬픔」은 슬픔의 이동 경로를 두 가지로 구분한다. "기성품이 되어 집에 돌아"와 "누구나 붙잡고 말하게 되는" 도착한 슬픔과 "더이상 나눌 수 없"어 "등에 업고 가려" 하는 헤매는 슬픔이다. 헤맴은 슬픔의 원인이나 결과가 아니라 슬픔 그 자체다. 그러나 "헤맬수록 정확해지는 그 주

* 서윤후, 「휴가저택」, 『휴가저택』, 41쪽.

소"는 지금껏 인간을 단련해온 슬픔과는 다른 얼굴을 한 슬픔을 보여준다. 헤맴을 통해 얻어진 정확한 슬픔은 다름 아닌 '나'의 슬픔이다. 한때 "괴로움으로 기쁜 날에 쓸 고깔모자를 만들" 것이라 했던 시인은 이제 "예쁘다는 말 대신 잘 어울린다는 말을 듣게 될 고깔모자를"(「휴가저택」) 벗고 '내'게 잘 어울리는 슬픔을 등에 업는다. 존재로서의 슬픔이자 주체로서의 슬픔에 다가가기 위해 화자는 더이상 슬픔의 "등에 몰두하"지 않는다. 대신 슬픔을 등에 업는다. 슬픔의 배후가 아니라 배후로서의 슬픔에 눈뜨기 시작할 때 슬픔은 자신의 실재를 보여주기 시작한다. 그 실재의 양상을 발견할 차례다.

2. 슬픔의 사슬 뜨기

『어느 누구의 모든 동생』에서 만났던 "구체적 소년"(「구체적 소년」)들을 기억하는 사람들에게 이번 시집에서 보이는 전환은 결코 사소한 변화라 이를 수 없다. "책상 밑에 숨는, 아직은 작고 연약해서/ 이불이 너무 커 밤새 이불 밖으로 나오지 못"하고 "고장난 태엽을 돌리며"(「나의 연못」) 스스로를 맴돌았던 '나'는 여기 없다. 엉켜 있는 털실이 다 하얗다고 믿는 동생과 다 검다고 믿는 '나'에게서 비롯되는 다른 높낮이의 울음소리, 요컨대 다른 울음소리로 구별되는 슬픔을 이야기하던 '나'는 개별적이고 구체적인 감각을 통해 타자와 구분되는 개인성을 강조하고 재발견하는 화자였다. 이번 시집에 이르러 시인은 외부적 원인을 제거하고 슬픔의 내재성에 대해 생각하는 철학자의 태도에 더 가까워졌다. 슬픔을 경험하는 주체의 개별적 상태에서 촉발되지 않는 보편적 슬픔을 떠올리는 것은 대단히 불편하고 또 불필요한 일로 인식된다. 슬픔은 언제나 어느 '누구'의 슬픔이고 어느 누구의 슬픔일 때에만 가까스로 인식할 필요를 느끼는 부정적 상태이기 때문이다. 일반적으로 우리는 슬픔을 피하고 싶다. 그러나 슬픔이 삶을 구성하는 또하나의 진리라면 우리는 슬픔의 구체성이 아니라 슬픔의 영원성을 알아야 한다. 슬픔 그 자체의 내재율을 알 때 슬픔은 간헐적으로 출현하는 방어의 대상이 아니라 지속적으로 존재하는 생의 주체가 된다. 사슬은 영원의 형식으로서의 슬픔을 닮았다. 내재성 슬픔의 목록을 나열하는 것으로 "사슬의 주인"이 태어나는 과정을 대신할 수도 있을 것 같다.

사슬은 자꾸 영원으로 달아났지
불가능을 매일 하고 있었어
성실하게

사슬은 고스란히 남겨진 자의 쇄골이나 어깻죽지에서
차가운 것을 빛을 거야

피를 탕진해서라도

—「사슬 뜨기」 부분

"차가운 것을 빚"으며 "자꾸 영원으로 달아"나는 슬픔의 속성을 채집해본다. 슬픔의 동사는 '소진'이다. 소진은 존재가 소멸에 이르는 과정이다. 슬픔은 소멸을 향해 나아가는 통로를 가리키는 표지판으로, 이 표지판 위에는 줄어듦으로써 불행을 가져오는 것의 목록이 이정표처럼 기입되어 있다. 「신비와 무질서」에서 화자는 이미 알고 있어서 더는 궁금해하지 않는 것들의 목록을 이야기하며 미지라는 행복이 사라지고 있는 데 대한 두려움을 표명한다. 불분명한 마음이 사라져가고 있음을 자각함으로써 화자는 아는 불행과 모르는 행복을 대비시키고, 슬픔이 인식되는 가장 흔한 경로로서의 '아는 불행'을 강조한다. 질서는 따르는 것이다. 약속을 지켜야 하는 것처럼 질서에는 혼란함이나 불분명함이 끼어들지 않는다. 혼란을 불허하기 위해 발명된 언어를 질서라고 부를 때, 분명하고 확실한 것들로 가득한 세계에서 내면의 호기심은 소진되어간다. 궁금한 것이 없으므로 새롭게 알게 되는 것보다 이미 알고 있는 것이 더 많은 불균형과 비대칭을 슬픔의 기울기라 부를 수도 있을 것이다.

알고 있어서 더는 해보지 않는 게 있었다
알고 있어도 궁금한 일들이

빠르게 멸종하고 있다는 것도
불분명한 마음마저 얼마 남지 않았다는 것을
두 눈을 뜨고도 믿지 못했다

—「신비와 무질서」 부분

나타나고 사라지는 슬픔은 아른거리는 형태로 존재한다. 「발광고지(發狂高地)」는 살아 있는 고양이의 입김이 서려 있는 산소호흡기와 죽은 자의 무덤에서 들려오는 침묵의 소리를 병렬시킨 다음 유사한 형태의 이미지에서 슬픔에 내재된 죽음의 감각을 끌어올린다. 죽음에 가까워진 삶과, 삶의 흔적을 안고 있는 죽음을 각각 산소호흡기와 무덤이라는 반구 형태의 이미지 뒤에 배치한 이 시는 삶과 죽음 사이에 존재하는 안개 같은 무경계에 대한 감각을 환기한다. 무언가가 사라질까봐 고양이 입김이 서리는 산소호흡기를 닦아내지 못하는 적요로운 마음과 무덤가에서 듣는 구구절절한 침묵의 소란이 동시에 수렴하는 곳은 "신비로운 감옥"이다. 감옥이 가리키는 것이 산소호흡기라면 그 안에 갇힌 것은 삶일 테고 감옥이 가리키는 것이 무덤이라면 그 안에 갇힌 것은 죽음일 것이다. 그러나 '신비로운' 감옥은 무엇보다 그 안에 갇혀 있는 것이 어떤 것인지 확신할 수 없는 감옥이다. 죽음이 감옥인지 살아 있는 지금이 감옥인지 알 수 없는 혼종의 존재감에 슬픔의 발자국이 찍혀 있다. 나타남과 사라짐이 공존하는 아른거림의 세계에서는 입김만이 가장 확실한 존재다. 슬픔의 매질은 입김을 닮았을 것이다.

슬픔은 떨어지는 상태 속에 있다. "초가을이면 무언가를 줍고 싶습니다. 빈손끼리 마주잡는 일은 그만하고 싶습니다"라고 시작하는 시 「눈빛수련」은 김현승의 시 「가을의 기도」를 비틀면서 시작하는 듯한 인상을 준다. 가을이면 기도하고 싶다고 말하며 사색하는 행위와 고독한 단독자로서의 존재를 그 자체로 긍정하는 오래된 시에서 조금 비껴난 채로 시작하는 「눈빛수련」은 기도하기 위해 잡는 두 손을 텅 빈 손으로 규정한다. "빈손끼리 마주잡는 일은 그만하고 싶"다고 말하는 화자에게 기도하는 행위 그 자체보다 중요한 것은 "잃고 싶"은 마음이다. "줍는 것 없이 돌아가도 좋으니 떨어지고 싶"다고 말하는 화자에게 가을은 떨어지고 잃어버리는 시간이다. 종국에는 떨어지고 잃어버리는 것을 '가을'이라고 정의 내린다. 「눈빛수련」에서 화자는 슬픔이라는 추락을 향유한다. "슬플수록 분명하게 자라는 것"이 있기 때문이다.

흐릿해진 것, 그을린 것, 쪼개진 것, "이토록 가려운 이름을 참을 수 없어서/ 깨지는 성질"(「비틀린」) 역시 슬픔을 가리키는 속성들이다. 일찍이 『어느 누구의 모든 동생』에서 "나에게 묻은 것들이 무엇인지/ 보호하는 이 깨끗한 색으로부터/ 나는 가장 위험했다"(「희디흰」)라고 썼던 시인은 이제 "모호와 보호 사이"에서 흐릿해지고 비틀린 세계를 향해 조명을 켠다. 보호는 경계를 전제하고 경계는 보호를 필요로 한다. 흐릿해지고 그을렸고 쪼개진 것은 모두

모호와 보호 사이, 규정할 수 없는 불완전하고 불안전한 형태로 존재한다. 다른 상태로 변하기 직전이거나 다른 상태로 변한 이후에 만나는 모든 불가능 속에 슬픔이 있다. 누적되는 슬픔을 바라보며 어느 누구의 개별적이고 단독적인 슬픔에 앞서 슬픔 그 자체의 물질성에 집중하는 시인은 감정으로서의 슬픔을 초과하는 정동으로서의 슬픔을 바라본다. 높고 넓은 슬픔을 이야기하는 시인에게 슬픔의 형이상학이 필요한 이유를 묻는다면 "슬픔이 이렇게 반복"(「누가 되는 슬픔」)되고 있기 때문이라고 말할 것이다. 그는 "고통에 걸신들린 인간의 이야기"(「누가」)에서 폐기된 "슬픔의 사육법"(「휴가저택」)을 읽는 사람이다. "복원 가능한 슬픔에는/ 지렛대가 없다"(「야수의 세계」)는 듯 서윤후는 '양도된 슬픔'을 거부함으로써 슬픔의 상속자이기를 멈춘다. 슬픔을 모르는 인간은 슬프지 않은 인간이 아니라 약속된 슬픔을 거부하는 인간이다. 모르는 슬픔을 향해 새로운 고통을 도발하는 그들이 어떤 "찡그림을 발명"(「괴도」)했는지, 그 새로운 표정을 지닌 주체가 탄생하는 데에는 '미러볼'이라는 중요한 오브제가 있다.

3. 오르골과 미러볼

슬픔에 대한 인류의 유산이 없는 곳에서 슬픔의 내력은

무의미하다. 존재로서의 슬픔이자 그 자신이 주체로 기능하는 슬픔을 등에 업은 인간은 일찍이 본 적 없는 삶의 주체를 출현시킨다. 「무한한 밤 홀로 미러볼 켜네」에는 "신의 오르골"과 대비되는 인간의 "미러볼"이 등장한다. 오르골과 미러볼은 둘 다 음악적 공간에서 회전 운동하는 사물이다. 그러나 오르골이 만들어진 세계 안에서 정해진 대로 규칙적이고 제한적인 움직임을 반복하는 무대라면, 거울로 뒤덮인 미러볼은 반사되는 빛이 어디에 가닿을지 알 수 없는 불분명하고 불특정한 방식으로 예외적 움직임을 만들어내는 무대다. 유사해 보이는 두 사물은 정반대의 원리로 분위기를 변화시킨다. 우리 삶에 동물적 특질로 환원될 수 없는 무언가가 있다면 삶이 신의 오르골이 아니라 사람의 미러볼을 닮았기 때문일 것이다. 모르는 슬픔을 등에 업고 헤맬수록 정확한 주소에 가까워진다는 믿음은 빛과 거울이 만나 알 수 없는 행로를 그리며 움직이는 미러볼의 반사광이 보여주는 은유를 통해 이해된다. 미러볼의 반사광은 주어지는 외부 조건에 반응함으로써 조명을 만들어내는 의존적 결합의 존재이지만 이때의 결합은 의존이라는 관계성을 넘어선 복합성을 띤다. 오르골의 단선적 움직임보다 미러볼의 어지로운, 복잡한, 교차하는 움직임이야말로 주체가 존재하는 새로운 양상이다.

「공범」은 슬픔의 내재성 위에서 발견한, 우리를 규정하는 완전히 새로운 방식의 접근이 돋보이는 시다. 우리를 구성하는 '나'와 '너'의 관계를 규정하는 새로운 도식을 보여주기 때문이다. 공범은 드러나선 안 될 일을 함께 도모한 관계라는 점에서, 함께하되 누가 언제 상대에게 등을 돌릴지 알 수 없는 불안한 결합으로 이루어져 있다. 무엇보다 두 사람만이 서로가 맺고 있는 관계를 알 수 있으나 그 관계는 부정됨으로써만 완성된다. 그러므로 누구도 존재를 증명할 수 없고 존재를 증명할 수 없음으로써 완성되는 역설적인 관계이기도 하다. "감출추록 돋아나는 우리"인 동시에 드러낼수록 숨겨지는 우리는 서로를 부축하지 않는다. 그들은 서로의 "나머지는 되지 말"기로 약속한다. 서로의 가장 빨간 부분을 겨누면서 "멀리 가려는 뒷모습에/ 잘 가지 말라고 말하는" 두 사람의 관계는 공통의 목표를 갖고 함께하는 동시에 각자의 존재를 함께 책임지지 않고 의식하지 않는 독립된 형태다. 있음과 없음이, 존재와 부재가 공존하는 공범은 '우리'를 설명하는 가장 "더하고 뺄 것 없"는 비유다.

「모와 미」에는 실재하는지 확신할 수 없는 두 사람이 나온다. 두 사람이라고 했으나 네 사람, 어쩌면 세 사람이거나 한 사람이었을지도 모른다. 그들의 실재를 입증하는 증거는 없기 때문이다. 모든 것이 달랐지만 같은 것을 견디고 싶어 한 모와 미는 서로가 바뀐 줄도 모른 채 "우리라는 영원한 착각" 속에서 서로에게 몰두했다. 두 사람은 서로의 "실화가 되기 위해 안간힘을" 썼지만 정작 두 사람은 서로의 정물화에 더 가까웠다. 유한한 프레임 안에서 고정된 형태로

재현된 사물로서의 두 사람은 모사의 대상에 그친다. 모사의 대상에 그친 두 사람을 둘러싼 "작고 가여운 서사를 기억하는 사람은 없다." 다만 "과거를 선별하는 재판만 남아 있었을 뿐"이다. 재판은 기억의 영역이 아니라 기록의 영역이다. 기록된 것이나 기록할 수 있는 것들만을 채택해 사실을 재구성한다. 이때의 사실은 단 하나이며, 하나를 제외한 다른 사실은 배척된다. 모와 미의 이야기에 대한 기억은 불확실하다. 하지만 기억의 주체에 의해 계속해서 쓰이는 이야기가 더 중요하다는 점에서 기억의 본질은 내용이 아니라 기억하는 주체의 기억 의지다. 실체는 불분명하지만 그 불분명함으로 인해 또다른 실체가 생성된다. 불분명한 상태만이 실체를 존속시킨다.

아마도 시인은 "서로가 되지 않기로 마음먹었"(「휴가저택」)던 세계를 지나 "내가 되지 않으려고 안간힘 쓰는"(「내가 되지 않는 것들」) 세계에 도착한 것 같다. 서로가 되지 않기로 할 때 그 세계는 타인과 구분되는 나 자신의 중요성, 이른바 개별적 존재로서 자아의 존재감을 상기하는 1인칭에 주목하는 세계일 것이다. 한편 내가 되지 않으려고 할 때 그 세계는 '내'가 되지 않는 세계가 아니라 내가 '되지' 않는 세계다. "사랑으로 생긴 무늬는/ 언제나 형편없이 굴"듯 내가 되지 않는 일은 무늬를 갖지 않는 일이며 그럼으로써 계속해서 다시 시작하는 일이기도 하다. "끝나지 않기 위해 반복되는" "슬픔의 혼혈"이 만들어내는 이 "아름다운 범벽"(「오늘 저녁이 어느 시대인지 모르고」)은 어디에도 도착하지 않는 "완성된 불구"(「불구하고 그럼에도 불구하고」)의 노래다. 흐릿해진 것들에 대한 시인의 발화는 거대한 슬픔에의 의지이며 동시에 낯선 정동으로서의 슬픔이다. 그에 앞서 "지루한 비극을" 끝내기 위한 시인의 "오랜 연습"(「초절기교(超絶技巧)」)이기도 할 것이다.

내가 매달려도 내가 될 수 없는
공중의 손잡이들
손님 없이 시동 거는 버스 안엔

내가 되진 않고
나를 기다리기만 하는 옆자리들

—「내가 되지 않는 것들」 부분

마지막으로 한 번만 더 오르골과 미러볼에 기대어보자면, 오르골은 결과로서의 세계이고 미러볼은 과정으로서의 세계다. 미러볼은 되어가는 세계이자 여전히 되지 않은 세계이며 그러므로 될 수 있는 세계이기도 하다. 타자와의 관계 안에서 타자와 자아를 구분하던 시인은 영원히 되어가고 있는 상태를 발견한다. 내가 공중의 손잡이에 매달려도 나는 내가 될 수 없다. 버스의 비어 있는 좌석에는 내가 없고 나를 기다리는 빈자리들만이 있다. 그런 나의 시는 내가 되지 않는 시다. 내가 되지 않는 시란 하나의 상태에 도달하지 않음으로써 모든 상태를 포함하는 시다. 우리 마음속 심장이라는 천장에는 슬픔이라는 미러볼이 돌아가고 있다. 작은 거울로 장식된 채 빙글빙글 돌아가는 구체에 어떤 빛이 와닿아 반사광을 만들어낼지는 아무도 모른다. 그 혼란스러운 빛의 길을 가리키며 걷는 자가 서윤후의 진리 주체다. "눈을 감아 터널을 지어 통과"한다. 그는 "벽을 오릴 줄" 아는 "지혜로운 인간"(「초절기교(超絶技巧)」)이다. 벽을 넘지도 무너뜨리지도, 그 앞에서 서성거리지도 않는 그는 다른 슬픔을 창조한다. 무엇도 되지 않으려는 나는 지금 나의 어둠이 마음에 든다. 이 어지러운 슬픔의 전개도 위에서 어쩌면 나도 내가 되지 않을 수 있을 것 같다. 슬픔을 오릴 수도 있을 것 같다.

서윤후 2009년 『현대시』를 통해 등단했다. 시집으로 『어느 누구의 모든 동생』 『휴가저택』 『소소소小小小』와 산문집 『방과 후 지구』 『햇빛세입자』 『그만두길 잘한 것들의 목록』이 있다. 제19회 박인환문학상을 수상했다.

문학동네시인선 155
무한한 밤 홀로 미러볼 켜네

1판 1쇄 2021년 5월 21일
1판 4쇄 2021년 9월 17일

지은이 | 서윤후
책임편집 | 이재현
편집 | 김영수 강윤정
디자인 | 수류산방(樹流山房)
본문 디자인 | 유현아
마케팅 | 정민호 이숙재 우상욱 정경주
홍보 | 김희숙 함유지 김현지 이소정 이미희 박지원
제작 | 강신은 김동욱 임현식
제작처 | 영신사

펴낸곳 | (주)문학동네
펴낸이 | 염현숙
출판등록 | 1993년 10월 22일 제406-2003-000045호
주소 | 10881 경기도 파주시 회동길 210
전자우편 | editor@munhak.com
대표전화 | 031) 955-8888 팩스 | 031) 955-8855
문의전화 | 031) 955-3578(마케팅), 031) 955-1920(편집)
문학동네카페 | http://cafe.naver.com/mhdn
트위터 | @munhakdongne
북클럽문학동네 | http://bookclubmunhak.com

ISBN 978-89-546-7919-0 03810

* 이 책은 서울문화재단 '2017년 문학창작집 발간지원사업'의 지원을 받아 발간되었습니다.

www.munhak.com

문학동네